1

叛逆のヴァロウ

Vallow of Rebellion

上級貴族に謀殺された軍師は魔王の副官に転生し、復讐を誓う

Written by Nobeno Masayuki

延野正行

村カルキ

INDEX

Jyokyukizoku ni Bousatsu Sareta Gunshi ha Maou no Fukukan ni Tensei shi, Fukushu wo Chikau

Writtern by Nobeno Masayuki

Illustration by MiuraKaruki

ヴァロウ・ゴズ・ヒューネルは英雄であった。

十五の頃から兵を率い、連戦連勝。ついには王国の軍師に抜擢《ばってき》され、出世街道を進んだ。

その用兵は鮮やかであり、時に苛烈であり、時に残酷であったが、敗北はなく、祖国リントリッドと人類に常に勝利をもたらした。

そしてついに、ヴァロウは人類全体の懸案事項《けんあんじこう》であった難攻不落のルロイゼン城塞都市の攻略に着手する。ルロイゼン城塞都市は、地理上において重要な要衝《ようしょう》である。そこを占領することができれば、敵対する魔族の領地に入る橋頭堡《きょうとうほ》となり、一気に勢力図が変わるのではないか、と期待されていた。

しかし、人類軍は数百年かけても攻略できないばかりか、毎回多数の死傷者を出す始末であった。

そのルロイゼン攻略に、ヴァロウは挑んだ。

人類軍司令部の予測では、一年以上はかかると思われていた攻略作戦だったが、ヴァロウはたった三日で終わらせてしまう。しかも人的被害は軽微なものだった。

ついに人類はルロイゼン城塞都市を攻略し、占領する。

人類は雪崩《なだれ》を打って、魔族領に侵入。大方の予想通り勢力図を書き換えることに成功する。

そして、ヴァロウはルロイゼン城塞都市攻略の英雄として、祭り上げられた。


しかし、今――――。ヴァロウがいる場所は、華やかな社交場ではない。

厳正な空気が漂う謁見の間でもなければ、美女とベッドを共にしているわけでもない。

ヴァロウ・ゴズ・ヒューネルが今いる場所。

それは火刑台の上だった。

ヴァロウ・ゴズ・ヒューネルは罪人であった。

罪状は、『リントリッドの至宝』と謳われたメトラ王女を刺殺した殺人罪および国家反逆罪である。

ヴァロウには身に覚えのないことだった。無実を訴えたものの、メトラ王女を殺した凶器から、ヴァロウの指紋、魔力の残滓が確認された。さらにアリバイはなく、何よりヴァロウとメトラが特別な仲であることは、王宮の誰もがよく知るところであり、動機も十分であった。

英雄から一転、罪人への転落劇……。

これまでヴァロウをもてはやしていた王族、家臣、民衆、仲間は手の平を返し、口々に罵倒した。

「逆賊め！　見損なったぞ、ヴァロウ！」

「私たちの姫を返して！」

「何が英雄だ！　この人殺し！」

磔《はりつけ》にされたヴァロウの手足はすでに動かない。

足はまるで醜い貴腐葡萄《きふぶどう》のように膨らんでいた。四日間こん棒で打たれ続け、さらに手当てをされず放置されたため、患部から黴菌《ばいきん》が入ったのである。手の爪は当然の如くすべて剥がされ、代わりに杭が皮と骨と神経を貫き、歯は親不知に至るまですべて抜かれ、歯茎の奥の神経をこそげ落としたような拷問の痕があった。

無類の紅茶好きであったヴァロウの舌は干涸《ひか》らび、顎は外され、自害すらままならない。

衣類は剥かれ、痛々しい鞭の痕を晒《さら》し、陰部は斬り落とされ、傷口に赤い蝋《ろう》が詰め込まれていた。

その無様な姿を見ても、誰も同情しない。

聞こえてくるのは、罵声、そして嘲笑だけだった。

「おお……。なんと可哀想な姿よ。かの英雄が……」

「仕方ありますまい。王女を殺したのですから。あれでもまだ民衆は納得しませんよ」

「しかし、彼が本当に王女を殺したのでしょうか？」

「違うでしょうなあ」

「噂ではあの提案が逆鱗《げきりん》に触れたとか……」

「魔族と和平を結ぶなど、おぞましい」

「はて……。ところで誰の逆鱗でしょう？」

「もしや、上級貴族の方々……！　こわやこわや」

貴族たちは口々に噂を囁き、血臭と油のにおいが漂う火刑台から離れていく。

いよいよ処刑が始まった。松明を持った兵士が近づくと、観衆たちのボルテージが上がる。

殺せ――怨嗟《えんさ》を含んだ声が連呼され、まるで波のように広がった。

リントリッド王の指示のもと、ヴァロウの足元に火が付けられる。

紅蓮の炎が燃えさかると同時に、観衆から声が上がり、拍手と指笛が鳴り響いた。

大炎に包まれるかつての英雄。

その顔は絶望に歪んでいるかといえば、そうではない。

炎の中にあっても、表情も顔の角度も変わることはなかった。

ただ一点を見つめている。その先にいる者を睨んでいた。

冷たい……。ヘーゼル色の瞳で――。


ヴァロウが次に気付いた時、視界に映っていたのは見知らぬ石の天井であった。

側には窓があり、暖か――とはほど遠い冷たい月光が差し込んでいる。

夜であることは明白であったが、それ以外のことはヴァロウの頭脳をもってしても、計り知ることはできなかった。

王宮で使っていたものと比べれば遥かに硬いベッドから起き上がる。

一瞬、目眩《めまい》がした。頭も重い。どうやらかなり長い間寝ていたらしい。

ヴァロウは手を頭に伸ばした。すると、髪の毛に混じって何かゴツゴツとしたものを感じる。

まさかと思い、部屋の中にあった姿見で確認した。

立派な巻角が、頭から伸びていた。それだけではない。口の中がモゾモゾすると思ったら、牙が生えていたのだ。いずれにしろ、およそ人間の肉体ではなかった。

人鬼族《ワーオーガ》。つまり魔族の幼体《こども》の姿が、姿見に映っていたのである。

突然、部屋の扉が開く。

立っていたのは、銀髪を揺らした少女だった。その背中には、黒と白の翼が生えている。天使のように美しく、サキュバスのように妖艶《ようえん》であった。

突然、その少女の赤い眼に涙が浮かぶ。持っていた桶がするりと手から落ちると、木の床に水が広がった。しかし、少女はその失態を無視し、一言呟く。

「お目覚めになられたのですね、ヴァロウ様……」

手を伸ばし、少女はヴァロウを引き寄せた。ふくらみかけた胸に、ヴァロウの頭を押しつける。

「良かった……。もう二度とお目覚めにならないかと……。ヴァロウ様、五年も眠っていたのですよ」

「五年……？　いや……。もしかして、お前――メトラか……」

「はい。わかるのですか？」

「なんとなくな。……それよりもだ」

「はい。今すぐ事情をご説明いたします。有り体に言いますと、ヴァロウ様は魔族に転生を――」

「落ち着け……。話はあとでゆっくりと聞こう。その前に重要なことがある」

「はい？」

メトラ王女とおぼしき少女は、首を傾げる。

すると、ヴァロウはベッドに腰掛けるとこう言った。

紅茶をくれ……。話はその後だ。

Episode. 01

Vallow of Rebellion

Jyokyukizoku ni Bousatsu Sareta Gunshi ha Maou no Fukukan ni Tensei shi, Fukushu wo Chikau

十年後――。

魔族に転生を果たしたヴァロウの姿は、荒れ狂う海にあった。

舵が利かないほど海は時化《しけ》ていたが、三艘の舟は真っ直ぐ海岸へ向かっている。

やがて接岸を果たすと、ヴァロウを含む三人の魔族が陸に降り立った。さらにぶよぶよした不定形の魔獣――スライムたちも上陸する。

彼らの目の前にそびえていたのは断崖絶壁だ。ヴァロウはそのさらに上を見上げる。

眼球を風雨にさらしながら捉えたのは、人が住む都市であった。

ルロイゼン城塞都市。

三方を川と海に囲まれたかつての要衝で、十五年前、ヴァロウが攻略した魔族の都市である。

最盛期こそ一万人もいた人口は、前線が西に上がるにつれ減少し、今や三〇〇〇人の一地方都市となっている。しかし、当時はここが人類と魔族の最前線であり、魔族領に進むために、人類にとってどうしても落とさなければならない城塞都市であった。

「思った通り、海側は手薄のようだな」

背の低い垣は見えるが、見張りの気配はない。

悪天もあって焚き火も焚かれておらず、分厚い雲のおかげで昼間なのに真っ暗だった。

「当然ですわ、ヴァロウ様。海から攻めるなんて誰も考えていませんもの。おそらく守備隊は、陸側の三段城壁に固まっているはず。それもこの雨風では……」

ハープを鳴らしたような美声が、風雨の中でも響き渡る。

それは銀髪の美しい女だった。肌は白く、手足はすらりとし、豊満な胸と臀部《でんぶ》を見せつけるように軽装を纏っている。赤い瞳はうっとりとし、ヴァロウと呼んだ青年を見つめていた。

かつての『リントリッドの至宝』と謳われた元王女メトラである。

そのメトラが言った三段城壁とは、ルロイゼン城塞都市の北側にあり、唯一陸続きになっている場所に立つ、三枚の巨大な城壁のことだ。狭い間隔で並んだ城壁は、幾度も人類軍の猛攻を跳ね返し、苦しめてきた。

ならば海か川から攻めればいいと思われがちだが、これも難しい。

三方は海や川によって削られた垂直の断崖がそびえ立ち、水中には船を沈めることができる魔物がうようよしている。軍船からの艦砲援護は不可能に近く、むろん接舷《せつげん》もできない。

さらに小さい都市ながら自給自足ができており、兵糧攻めにも耐え抜く力も持っていた。

『難攻不落のルロイゼン』とは、よく言ったものである。

だが、それは人間が攻める場合のみ当てはまるもので、魔族であるヴァロウには、その常識は通用しない。

「ご武運を、ヴァロウ副官殿」

声をかけたのは、舟を引いてくれた人魚たちである。その周りには、魚人たちが泳いでいた。

今や海を支配する魔物たちだ。

「助かった。海の魔物の協力がなければ、この作戦は困難なものになっていただろう」

「ご謙遜を……。不可能と言われた撤退戦を成功させ、魔王様をお救いくださった手並み。海の世界にまで轟いております」

「そうなのか？」

「それにヴァロウ様は、長年対立していた陸の魔族と海の魔物の関係を修復してくださりました。再び魔王様の下知《げじ》のもと、作戦行動できるのはあなた様のおかげです」

「礼を言われるようなことはしていない。魔族が何故、海から攻めないのか不思議でしょうがなかっただけだ。まさか、海という広い領土を持っていることに気付かず、加えて陸に上がれないお前たちを無能呼ばわりし、戦力として軽視していたとはな。実にもったいない——そう思っただけだ」

「その常識も——」

「おそらくこの作戦によって変わるだろう」

「ヴァロウ様、そろそろ……」

ヴァロウと人魚の話に、メトラが割って入る。

自然な動きでヴァロウの腕を取り、その豊かな胸を押しつけた。

人魚は「では」と言い残し、波間に消える。

「メトラ。お前、なんで頬を膨らませているんだ。顔も赤いようだが？　体調が悪いのか？」

「べ、別にヴァロウ様と人魚が楽しそうに話しているな、とか思っていませんから」

つんと横を向く。

むくれたメトラを見ながら、ヴァロウは雨で濡れた髪を掻いた。

「それよりも、ヴァロウ様……。あれを……」

メトラが指差したのは、ルロイゼン攻略に同行した三人目の魔族である。

針金のような赤髪の男が、げぇげぇと胃の中にあったものを吐き出していた。

褐色の肌は、心なしか青くなり、こめかみの部分からは二本の刃のような角が飛び出ている。

ヴァロウと同じく、人鬼族《ワーオーガ》の魔族だった。

「大丈夫か、ザガス？」

ザガスと呼ばれた男は丸めた背中を持ち上げた。

鋭い三白眼《さんぱくがん》が、ヴァロウを見下ろす。

「誰を心配しているんだ？」

「お前だ、ザガス……」

「魔族が船酔いとはな。情けないわね」

「うるせぇ、メトラ！　舟に乗ったのは初めてだったんだ。あんなに酔うものとは……うっ！」

興奮したら、また吐き気がこみ上げてきたらしい。

再び壁に手をついて、胃袋に残っているものを吐き始める。

「くそ！　舟なんて二度と乗らねぇぞ」

「うちの切り込み隊長がなに弱音を吐いているのよ」

メトラはザガスの背中をさする。その醜態《しゅうたい》を横でヴァロウも見ていた。

これまで海という領土を軽視してきた魔族に海を渡るという発想はなかった。故に造船の技術など皆無だ。海から魔族が攻めなかったのは、海の魔物との不仲と、造船技術がなかったからである。だが、今回博識なヴァロウは小型だが舟を製作した。かつて人間であった彼の頭の中には、造船に関する技術が記憶されている。

「そろそろ行くぞ、スライム部隊もいいな？」

ヴァロウが確認すると、二百匹のスライムたちは、「ぴきぃぃぃ！」と声を上げた。

勇ましいやら、可愛いやら。とにかくやる気はあるらしい。

「先に行くぞ！」

先陣を切って、人鬼族《ワーオーガ》のザガスが崖を登っていった。

垂直に切り立った崖を物ともせず、ただ膂力《りょりょく》と敏捷性《びんしょうせい》だけで駆け上っていく。

その後をスライムたちが、断崖にへばりつくように登り始めた。

人間ではこの崖を登ることは不可能だが、強靱で俊敏な肉体を持つ人鬼族《ワーオーガ》には容易いことだ。

ザガスとスライムが崖を登っていく様子をヴァロウは見つめる。

側にいたメトラが確認するように話しかけた。

「何か運命を感じますか、軍師様？」

「そんなセンチメンタルな顔をしているのか、今の俺は？」

「ここはあなたにとって、因縁の場所です。無理もないかと……」

「問題ない……」

「ヴァロウ様。あなた様を魔族に転生させた私の所業を、恨んではおりませんか？」

人間であった時、何者かによって殺されたメトラだったが、その後女神として転生する。

しかし、ヴァロウを転生させるために神の力を無断で使用し、メトラもまた魔族となってしまった。女神となれば、何不自由ない生活が許されたが、たとえ魔族となっても、メトラはヴァロウと一緒にいることを選んだのだ。

「恨んでなどいない。むしろ感謝している。だから改めて誓おう。お前を殺し、俺をはめた上級貴族たちに復讐し、そして俺は正してみせる」

この間違った世界を……。

✠

魔王には六人の副官がおり、それぞれ師団を持っている。

そのうちの一人が第六師団を預かるヴァロウだ。だが、比較的最近赴任したヴァロウの第六師団の手勢は少ない。現状直属の部下は、メトラとザガスだけだ。他に部下といえば、二〇〇匹のスライムぐらいだろう。海の魔物も協力してくれてはいるが、彼らは海では最強でも、陸戦には向いていない。師団――と称するには、あまりに心許ない戦力であった。

戦力の不足は第六師団だけではない。魔王軍全体の問題だ。

人間であった時のヴァロウが、ルロイゼン城塞都市を攻略したことによって、人類軍は魔族領に進出することができた。烈火のごとくなだれ込んだ人類軍は、次々と魔族領の要衝を占領し、ついには旧魔王城ラングズロスを落として、魔王を追い詰めるに至る。

魔王こそ取り逃がす結果となったが、人類軍は魔族領の三分の二を切り取ることに成功し、一方で魔族軍は全盛期の三分の一にまで戦力を減らすこととなった。

かつての前任者の下、第六師団もほぼ全滅し、その師団をヴァロウは引き継ぐ形となったが、現状では大規模な援軍は望めない状況にあった。

さらにいえば、魔族軍の中でも突出して、ヴァロウは若い。窮地の魔王を救い、その褒賞によって六人目の魔王の副官に取り立てられたが、それを面白く思わない魔族は少なくなく、若造が指揮する新設の軍に、自分の手勢を割《さ》く師団も種族もいなかった。

そんな状況の中で、ヴァロウがルロイゼン城塞都市を攻略すると豪語しても、他の副官たちの目はむろん冷ややかだった。後見人で、ヴァロウの唯一の理解者でもある第一師団師団長ドラゴランですら、首を捻ったほどであった。しかし、嘲笑こそすれ反対する者はいない。

『たとえ全滅したとしても、三人の魔族とスライム二〇〇匹が死ぬだけです』

作戦会議の場で言い放ったのは、他の誰でもない。

ヴァロウ自身であった。


崖を登り切り、ヴァロウが率いる第六師団は、ルロイゼン城塞都市に降り立つ。

背の低い垣に上ると、しばし風雨に呑まれたルロイゼン市街を眺望した。

ヴァロウが初攻略を達成してから十五年以上の年月が経っているが、さほど都市の景観は変わっていない。魔族が作った石造りの家が、そのまま残っている地区もあった。

「むしろ昔よりも荒れ果てていますね」

昔、占領後の民の移住式に同行し、王の名代《みょうだい》として挨拶をした思い出が、メトラの頭の中で蘇る。

だが、その頃に比べると、明らかにルロイゼン城塞都市は衰退していた。元王女として何か感慨深いものがあるのだろう。メトラの顔は悲哀に満ちていた。

連戦連勝し、魔族領の奥深く侵出した人類に待っていたのは、膨大な戦費である。兵站《へいたん》の確保なく、敵領地へ急速に突出してしまったがために戦費は増大し、それは重税となって民衆に回ってきたのだ。

特に地方の現状はひどいものであった。

中央から遠いことをいいことに、領主は私腹を肥やし、民衆からは「明日の勝利のため」といって、重い税を課す。結果、死霊が棲みつくような活気のない城塞都市が生まれるのである。

「おい。いつまで街を見てんだ？　早く行こうぜ」

ザガスがぐるぐると肩を回す。早く暴れたいのだろう。拳と拳を打ち鳴らしていた。

ヴァロウは目を細め、血気に逸《はや》るザガスを諌める。

「ザガス、最初に言ったと思うが……」

「わかってるよ。人間は傷つけないだろ？　相手は地方の雑兵だ。そんなもん興味はねぇよ」

「わかっていればいい」

「お前こそわかってんだろうなあ、ヴァロウ」

ザガスは今にも上司であるヴァロウに飛びかからんばかりに、殺気を膨らませる。

「オレ様のすべてを出し尽くす戦場を作る。お前、そう言ったよな」

「心配するな。お前の死に道は作ってやるさ」

「上等よ！」

再び拳を打ち鳴らすと、鋭い音が嵐の中で鳴り響いた。

「行くぞ……。目指すは領主の館だ」

ヴァロウは手を掲げ、合図を送った。

途端スライムがヴァロウたちの足に纏《まと》わり付くと、そのまま地面を滑るように移動し始める。

三人はツルツルとしたスライムを履き、嵐の中を無音で疾走した。

「へぇ。こりゃ便利だ」

ただ履いているだけで動けるスライムの靴を見て、ザガスは感心した。

何も考え無しに、ヴァロウはスライムを選んだわけではない。

スライムは雑魚の魔物である。それは人類・魔族問わず、共通の理解だが、使いようによっては、スライムは優秀な戦力となる。不定形の本体はどんな形にも変化し、あらゆるところに侵入ができる。しかも、無音でだ。

人間の時代、ヴァロウは何故、この魔物を魔族たちはただ放置しているのか不思議でならなかった。

だが、今ヴァロウは魔族である。魔族は下級の魔物を使役することが可能だ。

軍師時代から考えていたことを、ヴァロウは存分に試していた。

無音移動に加えてこの嵐である。

誰とも接敵することなく、ヴァロウたちはあっさりと領主の館に侵入した。

「行け……」

ヴァロウは一匹のスライムに命令する。

壁伝いに屋根裏に上り、館内の様子を探らせた。しばらくして戻ってきたスライムに尋ねる。スライムの難点は意思疎通が難しいところだ。だが、ヴァロウは数字を理解させることに成功していた。

数字を書いた皮紙を見せ、兵士の数を尋ねると「五十人」という答えが返ってくる。

「よし。いい子だ」

ヴァロウは大役を果たしたスライムを撫でる。干し肉を与えると、飛びつき、あっという間に消化してしまった。ぷよぷよと飛びはね、喜んでいるようだ。

「五十人か。想定内だな」

「暴れていいんだよな、ヴァロウ？」

「ザガス、もう一度言うが……」

「殺すなよ――だろ？　耳タコだって」

「メトラ……。すまんが、ザガスに付いててやってくれ」

「しかし、ヴァロウ様がお一人になってしまいますわ」

「俺なら大丈夫だ。何匹かスライムをもらうぞ」

「それは構いませんが……」

「心配するな。俺はただの軍師ではない。それはメトラも理解しているはずだが……？」

「…………わかりました。お気を付けて」

「ああ……。メトラもな」

ヴァロウは二人と別行動を取り、二十匹ほどスライムを連れ、館の奥を目指した。

同時に轟音が響く。ザガスが建物の一部を破壊したのだろう。すると、兵士たちが集まってきた。

五十人程度ぐらいなら、ザガスとメトラに任せておけば大丈夫だが、ヴァロウには他に気がかりなことがあった。

「ザガスめ……。占領後は、ここを司令部として接収するつもりだったのだが」

致し方がない。「人間を殺すな」とは言ったが「建物を壊すな」とは忠告しなかった。

ザガスに注意しなかった自分が悪い。ヴァロウはそう自分に言い聞かせた。

ほとんど兵士と接敵しないところを見ると、どうやら陽動はうまくいっているらしい。

だが――。

「まだいたぞ！」

背後から兵士が近づいてきた。数は四人。ヴァロウなら余裕だ。

だが、ザガスに言った縛りは、むろん自身にも課されている。

逃げずにいると、あっという間に四人に囲まれた。

「袋の鼠だ。大人しくしろ！」

「なんで、こんなところに魔族がいるんだ」

「一体どこから……」

「なんだよ、このスライムは……」

兵士たちは明らかに狼狽《ろうばい》していた。敵を目の前にしながら、集中できていない。

相手は魔族一人と二十四のスライムである。

気が緩むのはわかるが、兵士たちはあまりに油断しすぎていた。

「領主を守る兵士がこうでは、都市部を守護する兵士の実力もたかが知れているな」

「なんだと！」

「魔族風情が……」

「舐めるな！」

口々に罵声を浴びせるが、ヴァロウは眉一つ動かさない。

「一つお前たちに説教してやろう」

「「「は？」」」

「いくら強固な要塞も、扱う人間次第では紙切れ同然になる。すなわち――」

お前たちには練度が足りていない。

ヴァロウは足に纏わり付いていたスライムを蹴り飛ばす。

スライムは一直線に一人の兵士に襲いかかった。

突然のことで、兵士たちの反応が遅れる。そのアメーバ状の身体に飲み込まれると、たちまち動けなくなってしまった。

「うわああああああああ!!」

兵士はパニックを起こし、ジタバタともがく。が、スライムから逃れることはできない。さらに複数のスライムが追い打ちをかけ、兵士たちに殺到する。たちまち兵士の全身がスライムだらけとなり、身動きが取れなくなってしまった。

「一体、何が――ぎゃあ！」

「ちょ！　ま――ぎゃあ！」

「待て！　ちょっと――ぎゃあ！」

ヴァロウは次々とスライムを蹴り飛ばす。

四人の兵士たちは、二十四のスライムによってたちまち無力化されてしまった。

「覚えておけ。お前らが馬鹿にするスライムだが、使いようによっては、強力な武器になるのだ」

『ピキィイ！』

どんなものだ、とばかりにスライムたちは奇声を上げ、勝ち誇る。

ヴァロウは腰に差していた剣を、いよいよ引き抜き、四人の兵士の中で一人兜のデザインが違う男に、切っ先を向けた。

「領主はどこにいる?」

「そ、そんなこと……」

「心配するな、お前たちを殺すつもりはない」

「そんな言葉……。し、信じられるはずがないだろ!」

「苦しんでいるのだろう、ここの領主に? お前たちだけではない、ここの民全員が……」

「――――ッ!」

「俺はここを占領しに来たつもりはない」


解放しに来たのだ……。


ヴァロウの言葉を聞き、四人の兵士は固まった。

いずれも正規兵とは思えない見窄《みすぼ》らしい姿をしている。頬はこけ、血色は悪く、手は枯れ木のように細い。筋肉は乏《とぼ》しく、とても槍を振るえるような身体ではなかった。その槍にしても、手入れがされておらず、防具にしても皮紐の部分が半分切れたまま使用している兵士もいる。

「解放だと……」

兵士長らしき男が唸る。突然、解放を宣言した奇妙な魔族を見つめた。

一方でヴァロウは表情を崩さない。スライムにまみれた兵士を見る瞳は、冷たい光を湛《たた》えていた。

「お前は魔族だろう。何故、解放などという言葉を使う?」

「お前たちが虐《しいた》げられているから。それだけだ」

「魔族が我々を救うというのか！」

「今すぐ信じてもらおうとは思わん。俺たちがここを解放したら、その政策を評価してくれればいい。自ずと俺を信じることができるはずだ」

「政策……？　それは？」

「人類と魔族の融和だ」

「馬鹿な！　そんなことが!!」

「可能だ。相反する二つの種族が組めば、今以上に人類と魔族は発展することができる」

魔族には魔族なりの利を。

人類には人類なりの利を。

その双方の利得《りとく》を融和させ、恒久平和を実現する。

それがヴァロウの目的であり、導き出した合理性《こたえ》だった。

そして彼と、それに賛同したメトラが殺された理由でもある。

「少なくともこの広い世界を単一の種族が治めるなど不可能だ。今の状況が、それを物語っている。違うか？」

「…………」

兵士長は躊躇《ためら》いながらも頷く。

他の兵士たちも、スライムから脱出することをやめ、ヴァロウの話に耳を傾けていた。

地上に降臨した神でも見るかのように目を輝かせ、大きく瞼を開けている。

「わかった」

ようやく兵士長は口を開いた。

「訊くが、領主様をどうするつもりだ？」

「斬る」

ヴァロウは躊躇うことなく即答した。

兵士長は「あっ」と口を開けた後、項垂れる。

致し方なし、という兵士長の表情を見ながら、ヴァロウは補足した。

「領主は己の宝である民を虐げた。人を活かし、人を育てるのが、領主の役目だ。しかし、あろうことかルロイゼン領主は欲にまみれ、私腹を肥やし、統治を怠った。そのツケが今この状況だ。人を育てないからこそ、我ら魔族の侵入を許した。その罪は命であがなってもらう」

「……わかった。領主様の部屋を教えよう。ただ一つ条件がある」

「なんだ？」

「領主様の娘エスカリナ様だけは斬らないでもらいたい。エスカリナ様は領主様と違って、お優しいお方だ。我ら民とも分け隔《へだ》てなく接してくださった。我らの希望なのだ」

「…………よかろう。その領主の娘は殺さない。我々の目的はあくまで領主の首だ」

どうやらエスカリナという領主の娘は、民に慕われているらしい。今後統治することにおいて、領民の理解は必要になる。その反感を過度に買うようなことは、ヴァロウも望むところではない。むしろ、そのエスカリナを利用し、民との橋渡し役をさせれば、統治しやすくなるとヴァロウは考えた。

肯定的な答えを聞いて、兵士長の顔がこの時初めて人間らしい反応を見せる。

「ありがたい。では、領主様がいる場所は――」

その答えの前に、ヴァロウは動く。

兵士たちを守るように前に立った瞬間、何かが高速で飛来した。

ドンッ!!

廊下の奥から爆炎が、ヴァロウたちがいる場所に迫ってくる。

さらに炎は館全体に広がっていき、たちまち領主の館を紅蓮に染めた。

爆音と爆風が渦を巻き、館を包む。

「ぐあっはっはっははははははは!!」

炎が揺れる領主の館に轟いたのは、不気味な哄笑《こうしょう》だった。

すると、館の奥から牛蛙《うしがえる》のように太った男が現れる。長衣をだらしなく纏い、髪も整っていない。

おそらくベッドから飛び起きて、そのまま戦地にやってきたのだろう。なのに眩《まばゆ》いほどの宝石や金の腕輪や首輪を下げ、己を着飾っている。それを買う金がどこから出たのかは、語るまでもなかった。

彼こそがルロイゼン城塞都市を任された領主ドルガン・ボア・ロヴィーニョである。

「ふん。魔族にほだされおって。感謝しろ。領主自ら裏切り者を始末してやったのだからな」

「お前が領主ドルガンか……」

冷水に浸けたナイフのように冷ややかな言葉が響く。

爆煙を払い、人鬼族《ワーオーガ》――ヴァロウが現れた。

背後には、スライムの拘束から外れた四人の兵士たちがいる。身を寄せ合いながら、信じられないという顔をして、自分たちの領主を見つめていた。

「馬鹿な！ Bランクの炎属性魔法だぞ！」

「ああ。そう言えば、お前はここの領主になる前、宮廷魔導士の大隊長だったな」

宮廷魔導士とは、王宮を守る魔導士のことだ。各部隊から選抜された魔導士のエリート部隊である。

ドルガンもその一人であったが、別の意味でも有名であった。

曰く『忠犬のドルガン』。王家や公爵といった身分に取り入り、法の目をかいくぐっては甘い汁を啜っていたと聞いている。王国に巣くう上級貴族とも深い関係にあり、誤って子爵の娘を手込めにし、立場が危うくなった折には、上級貴族に請い願い、事件自体をもみ消したという例もある。

それから十五年後、目上に胡麻擂ることしか能のない男が貴族となり、ルロイゼンの領主になっているとは、さしもの天才軍師ヴァロウも予測できなかった。

「ほう……。私のことを知っているのか。まあ、よい。ここまで来たのは褒めてやろう、悪魔め。だが、ここまでだ。老いたとはいえ、私は宮廷魔導士だ。人鬼族《ワーオーガ》ごときに引けは取らん」

再びドルガンは魔力を練ると、手を掲げ、狙いを定めた。

ヴァロウは冷たい瞳を、ドルガンに向ける。

「いいのか。後ろにお前の兵がいるぞ」

「ふん。私を裏切った兵など、もはや兵とはいわん。魔族と一緒に爆《は》ぜろ」

「やれやれ……」

　すると、気配が近づいてくる。現れたのは、メトラとザガスであった。

「ヴァロウ様！」

「おいおい。派手にやってるじゃねぇか。手伝ってやろうか、ヴァロウ？」

「必要ない。俺一人で十分だ」

　ザガスの言葉を一蹴し、ヴァロウはドルガンと対峙する。

　対してドルガンは「ぐふふふ」と気味の悪い笑みを浮かべた。

「威勢がいいな、魔族。それにしても、お前。ヴァロウという名前なのか。忌々《いまいま》しい名前だ。あのいけ好《す》かない小僧のことを思い出させてくれる」

「最強の軍師ヴァロウ・ゴズ・ヒューネルのことか」

「ほう。よく知っておるな。……馬鹿なヤツだ。ちょっと戦果を上げたからと調子に乗りおって……。上級貴族の方々に逆らうから抹殺されるのだ」

「ほう……。お前こそよく知っているようだな」

「詳しいことは知らんよ。本国ではそのヴァロウが姫を殺した、ということになっているが、果たしてどうだろうな。なんでもその前に、あの方々の不興《ふきょう》を買ったとか。馬鹿なヤツだ。上級貴族の方々は、王とて手の平で転がすことができる権力をお持ちだ。もはや殿上人《てんじょうびと》なのだよ、あの方たちは」

「そうか……。ならば、復讐しがいがあるというものだな」

「なにぃ……？」

「知っているか？　何故、その軍師は〝最強〟と謳われていたのか？」

「ふん。あまり褒めたくないが、頭の切れる男だったな。自分が立てた作戦において、負けたことがなかったとか」

「それならば、〝常勝〟あるいは〝不敗〟と綽名《あだな》が付くはずだ。そもそも最強とは、個人や群体を指す言葉として、よく使われる。だから、〝最強〟の〝軍師〟というのは、その知謀を讃える上ではおかしい表現なのだ」

「もういい！　お前は死ね！」

ドルガンの手から、先ほどよりもワンランク上のAランクの炎属性魔法が放たれた。

炎の渦が迫る。ヴァロウの背後にいた兵士は悲鳴を上げた。

対して、ヴァロウはあくまで無表情だ。ただヘーゼル色の瞳が、冷たく光る。

手を掲げると、炎が二つに割れた。魔法によって突風を生みだし、払ったのである。

そのままヴァロウは一、二歩と歩み進め、ドルガンに近づく。一方、ドルガンは魔力をさらに練り上げ、炎で焼き尽くそうとした。しかし、ヴァロウは歩みを止めないどころか、一片の皮膚も焼くことなく、ドルガンのすぐ目の前に立ちはだかる。

周囲が紅蓮に包まれる中、ヴァロウはドルガンに囁いた。

「ドルガン……。メトラ王女が殺された日、お前の部隊が警備に当たっていた。そうだな？」

「な、何故、それを——!?」

「しかし、お前の部隊が警備に就《つ》くことはなかった。……話せ。あの日お前の部隊は、何故警備に就かなかった。誰かの差し金か？　それとも――」

「し、知らん！　本当だ。わ、私はただ上からの命令を――。そ、そもそも貴様！　魔族なのに何故、そんなことを知っている？　ま、まさか――。貴様、本当に!!」

ドルガンは瞼を大きく広げる。その眼球に映っていたのは、冷たいヘーゼルの色の瞳であった。

紅蓮の火中にありながら、その氷のような眼光が溶けることはない。

むしろ激しく燃えさかっているように見えた。

ドルガンはさらに狼狽《うろた》える。

「待て！　本当に私は何も知らないのだ。わ、わかった。私が王国に出向き、事の真意を探ろう。だから、命だけは頼む、ヴァロウ!!」

「わかった……」

ヴァロウはただそう一言告げると、手を掲げた。一瞬にして魔力を練り、さらに魔法式を構築する。

圧倒的な速度で、ヴァロウは魔法を起動した。

【神々の炎《アグニ》】！

ドルガンの至近距離で、Sランクの魔法が解き放たれる。

その蛙のように太った身体は忽《たちま》ち業火に飲み込まれた。

「げぇぇぇぇぇぇぇぇああああああああ!!」

蛙が潰れたような悲鳴を上げ、ドルガンは赤光に消える。

一瞬にして、肌を焼き、内臓を蒸発させ、脳髄をかき消し、声すら奪った。

【神々の炎《アグニ》】が消えた時、ドルガンという領主は消滅していた。残っていたのは、轢殺《れきさつ》された蛙のような醜い影の跡だけだった。

ちょうどその時、騒ぎを聞きつけた都市部を守る兵士たちが、屋敷になだれ込んでくる。

その兵士たちの動きが止まった。炎の中にたたずむ、一匹の人鬼族《おに》におののく。

そんなヴァロウを癒やすようにメトラはそっと彼の手を握り、心配げに見つめた。

事情を知らないザガスは、バンとヴァロウの背中を叩く。

「派手に暴れたなあ、ヴァロウ。……ところで、何を話していたんだ？」

「つまらん命乞いを聞いていただけだ」

ザガスの質問を一蹴すると、ヴァロウはゆっくりと振り返る。

その力を誇示するように、鋭い瞳を炎の中で放った。

「領主は討ち取った！」

ヴァロウは高らかに宣言する。

それを聞いて、ザガスは牙を剥きだし、腕を振り上げた。

「勝ち鬨《どき》をあげろ!!」

うぉおおおおおおおおおおお!!

ザガスは吠える。スライムたちも「ピキィッ！」と声を上げた。

メトラもまた懸命に声を張り、ヴァロウに賛辞を送る。

あまりに迫力の欠けた勝ち鬨を、兵士たちはただ呆然と見ていることしかできなかった。

戦局において、それはあまりに小さな勝利であった。だが、このルロイゼン城塞都市が、後に人類と魔族の関係性を変えていくとは、この時誰も予測できなかった。

最強の軍師ヴァロウを除いては……。

Episode. 02

Vallow of Rebellion

Jyokyukizoku ni Bousatsu Sareta Gunshi ha Maou no Fukukan ni Tensei shi, Fukushu wo Chikau

かくしてヴァロウたちは、ルロイゼン城塞都市を占拠した。

三人の魔族と、二百匹のスライムだけでだ。

抵抗はなく、領主を討たれたということから、兵士たちはあっさりと降伏した。

皆、地べたへ座り込み、疲れ切った表情を浮かべる。抑圧する者がいなくなり、気が抜けたのだろう。魔族に対して抗議の声を上げることなく、槍を振り上げ抵抗をすることもない。

ただ兵士の腹の音だけが、夜が明け嵐の去ったルロイゼン城塞都市に響いていた。

さて、ここからが大変だ。

いまだ領主の死を知らない民衆への説明。兵士の処遇。外敵の対処と、内政の安定化。食糧事情の把握。半焼した領主の館を今後どうするのか。列挙すれば切りがない。

戦略や戦術を生み出すよりも、一都市を安定的に運用する方がよっぽど難しい。これから襲ってくるであろう――膨大で、些末《さまつ》な雑事を想像すると、如何に最強軍師とて頭が痛かった。

そんなヴァロウがメトラとザガスを伴って向かったのは、地下牢である。

ヴァロウが助けた兵士長がカンテラを掲げて先導し、暗く狭い階段を進んだ。房が並ぶフロアに辿り着くと、兵士長は一番奥の独房へと向かう。

ルロイゼン城塞都市領主ドルガンの娘エスカリナを迎えに行くためだ。

「こんなところに領主の娘がいるのかよ」

ザガスは左右の独房を見ながら肩を竦《すく》める。

スンスンと鼻を利かせると、血のにおいや腐臭が鼻腔を突いた。

「まさか領主は実の娘を監禁していたのですか？」

元王女であるメトラがやや頬を紅潮させて尋ねた。

兵士長は慌てて頭を振る。

「ち、違います。昨日の騒ぎに合わせ、ここに避難していただいたのです。ここが一番、館の中で頑丈に出来ていますから」

確かに壁は透き間なく石が敷き詰められている。

房の鉄扉も厚く、ちょっとやそっとではぶち破れないだろう。

「それにしたって、領主の娘をこんな小汚い場所に閉じ込めるのは、どうかと思いますわ」

「その……大変言いにくいのですが……。こうでもしないと、飛び出しかねないので」

「なんだそりゃ？　お姫様は大猿か何かなのか？」

ザガスは前を行く兵士長をからかう。


どがぁぁぁあぁぁぁぁあぁぁぁあんんんん！


いきなり爆発が起こった。

けたたましい音を立てて吹き飛んだ鉄扉が、狭いフロアの中で跳ね返る。

「けほ！　けほ！」

最奥の房から煙が上がり、その中で影が揺らめいていた。

やがて美しい金髪を揺らした少女が現れる。埃を被り、全身真っ白になっていた。しかも、着ていたのはドレスではない。薄い鉄の胸当てを装備し、腰に細剣を帯びていた。

緑色の瞳が燃え上がるのを見て、ザガスは思わず肩を竦める。

「前言撤回……。大猿じゃなくて、大獅子だったらしいな」

「あなたたち、魔族ね」

「お前がエスカリナか」

「そうよ。領主ドルガンの娘エスカリナ。地獄に行っても覚えておくことね、魔族」

すると、エスカリナは飛び出した。

速い。なかなかの脚力である。よく鍛錬しているのだろう。明らかに戦闘訓練を受けている動きだ。

かなりの実力者であることを、ヴァロウはすぐに理解する。

だが、それは人類の中での話であった。

直後、金属を打ち鳴らす音が響く。

ヴァロウはエスカリナの剣を受け止めていた。

「わたしの初撃を……」

「そりゃそうだろ。人間にしちゃあ、まあまあだがな」

何故か得意げにザガスが鼻を鳴らす。顎の辺りを撫でながら、ニヤニヤと笑っていた。

一方、メトラは眉を顰め、ヴァロウに向かって心配そうに声をかける。

「ヴァロウ様……」

「問題ない。手を出すな」

返ってきたのは、冷たい声だった。

ヴァロウは剣と剣を合わせながら、エスカリナに向き直る。

「大人しくしろ」

「お断りよ。ここであんたを斬る」

「領主は死んだ。戦いは決している」

「えっ……」

途端、エスカリナの表情が固まる。

力が緩み、その優美な手から細剣がこぼれ落ちると、石畳で跳ね上がった剣は耳障《みみざわ》りな音を立てた。

先ほどまで意気軒昂《いきけんこう》とし、鼻息を荒くしていたエスカリナの顔から血の気が引いていく。

大きく瞼を開き、輝いていた緑の瞳が一瞬にして曇っていった。

「うそ……」

「嘘ではない」

ヴァロウが即答すると、エスカリナは助けを求めるように兵士長を見つめた。

その兵士長は黙って首を振る。

するとエスカリナは、ぺたんと石畳にお尻をつけた。

メトラは少し目を細め、同情的な視線を送る。一方、ザガスは引き続きニヤついていた。

ヴァロウだけが表情を変えず、エスカリナを見つめている。

兵士長がそっと近づき、傷心の少女の肩を抱こうとした。

その瞬間、エスカリナは兵士長を突き飛ばす。落ちていた細剣を拾い、切っ先を自分の方へ向けた。

「自害を……！」

心配そうに見つめていたメトラが、慌てて飛び出す。

だが、すぐに細剣の切っ先の方向が変わった。

エスカリナは飛び出してきたメトラの腕を掴む。鮮やかな動作で背後に回り込むと、剣の切っ先をメトラの喉元に突きつけた。

「おいおい。まだ諦めてないのかよ」

「動かないで。仲間が死ぬわよ」

エスカリナはメトラに刃を押し当てると、鮮血が一滴、つぅと垂れていった。

ヴァロウはその様子を見て、沈黙している。

ただ顎に手を当て、何か考えている様子だった。

「エスカリナ様、もうお止めください」

「やめないわ。ここからなんとしてもわたしは逃げ延びる。そしていつかお父様の仇《かたき》を討つわ」

「勇ましいねぇ。嫌いじゃねぇ」

終始、ザガスは上機嫌だった。

仲間が人質に取られても、カラカラと笑っている。

「さあ、どうする？　道を開けるか？　それとも仲間がどうなってもいいの？」

「どうするよ、ヴァロウ。メトラを見捨てるのか？」

「ヴァロウ様、私のことは構いません。この女を……！」

場がいよいよ緊迫する。

カンテラの明かりが廊下の上を走り、五人の影が揺れた。

ヴァロウはようやく顎から手を離す。

「俺を試すのはやめろ、エスカリナ」

「え？」

「なんだ？」

メトラとザガスが呆然とする。兵士長も「え？」と口を開けたまま固まっていた。

すると、何故かエスカリナはメトラから剣を引く。

金髪を掻き上げると、唇から笑い声が漏れ出てきた。

「ふふふ……。バレちゃったか。あなた、なかなか賢いわね」

「ど、どういうことですか、エスカリナ様」

「ごめんね、兵士長。すべては演技だったのよ」

「演技ですって？　一体どこから？」

メトラの疑問に、答えたのはヴァロウだった。

「初めからだ。魔法で房の扉をぶち破るところからすべてな」

「な――――ッ！」

「そもそも房の扉をぶち破れるぐらいなら、最初からそうしていたはずだ。本当に抵抗の意思があるなら、領主よりもこの娘の方が先に俺の前に立っていた。違うか？」

「その通りよ。兵士長が魔族を連れてくる前から、すべてわかっていたわ。お父様が亡くなったことも、このルロイゼンが陥落したことも……。というか聞いてたのよ。そこの穴からね」

エスカリナは独房の上の方を指差した。換気口の小さな穴が開いている。ちょうどそこから昨夜の戦場となった館が見えていた。穴を通じヴァロウが兵士長にした話を聞いていたのだろう。

「え？　じゃあ、何故このようなことを？」

兵士長はきょとんとする。

「そこの人鬼族《ワーオーガ》君が言ったでしょ。試したって。あなたが、真にこのルロイゼンを治めるに足る相手かどうかをね。もし、あなたが仲間を切り捨て、わたしを斬り伏せるような非道であれば、組み従う価値はなし」

「もし、あんたの要望通りにしていたらどうしたんだ、嬢ちゃんよ」

「女一人を捕まえられない間抜けなんて、こっちから願い下げよ」

「なるほどねぇ。ちげぇねぇ」

痛快とばかりに、ザガスは笑った。

「だけど、あなたはどちらも選択しなかった。わたしの真意を見抜いた、それも短時間で。すごいわ、あなた。確か、ヴァロウって言ったわね。わたしが尊敬する軍師と同じ名前ね」

するとエスカリナは手を差し出す。

「改めて名乗るわ。わたしの名前はエスカリナ・ボア・ロヴィーニョ。よろしくね、ヴァロウ」

「ああ……。よろしく頼む」

ヴァロウは素直に差し出されて手を握る。

エスカリナは捕まえたとばかりに、両手でがっしりとヴァロウの手を包んだ。

そして満面の笑みを浮かべる。

「へぇ……。魔族にも握手という習慣があるのね。勉強になったわ」

「…………」

横でメトラがギョッとしたが、ヴァロウはやはり表情に出さない。

ただ少女の手の熱さを感じていた。

✠

エスカリナは優秀な女傑《じょけつ》だった。

自分の父が斬られた翌日には、自ら民衆を集め、ルロイゼン城塞都市で起こったことを説明した。

領民の反応は非常にドライだ。領主が死んだと聞いても、泣き叫ぶ者も、まして喜ぶ者もいなかった。ただうつろな目で、エスカリナの報告を聞くのみだった。

しかし、ルロイゼン城塞都市が魔族に占領された話になると、領民は初めて難色を示す。

命の保証は？　略奪は？　また重い税が課せられるのか？

命乞いをする者も少なくなく、それまで静かだった説明会は途端に騒がしくなる。

それでも、エスカリナはそのあまりある美貌と知性、そして強い意思を前面に押し出し、魔族と共に生きていくことを主張した。

だが、一番効いたのは、ヴァロウが掲げた占領政策の基本方針である。

一つ。領主代行をエスカリナ・ボア・ロヴィーニョとすること。

二つ。重税を課さない。

三つ。食糧の配給が必要であれば応じる。

民衆にとってみれば、夢のような話だった。

重い税がなくなり、しかも食糧が配給される。トップはエスカリナだ。

この話を聞いた時、ルロイゼン城塞都市の民はたちまち口を噤む。

結局、あっさりと魔族の支配を受け入れた。

「もっと抵抗があると思っていましたけど……。土地柄ということでしょうか」

メトラは接収《せっしゅう》した教会の尖塔から街を眺める。

当初、司令所にしようと考えていた領主の館は燃え落ちてしまったため、街の教会が臨時司令所となっていた。埃を被っていた書斎を片付け、占領翌日からヴァロウは執務を始めていた。

「日和見《ひよりみ》主義が多いのだろう。自分たちに害がなければ、頭が代わったところで自分たちには関係がない――そう諦めているのだ。そもそもこの長い戦争に躍起になっているのは、人類も魔族も上層部だけだ。民は被害者でしかない」

ヴァロウは書類から視線を離し、目を揉んだ。

「少し休憩なさいますか？」

メトラはサイドテーブルに置いた茶器の取っ手を掴む。

ヴァロウの好物は、人であった頃と変わらず、紅茶である。

メトラから言わせると、もはや『紅茶マニア』という程の愛好家で、転生した直後、魔族の身体を見た彼がすぐに言った言葉が、「紅茶を頼む」であったこともその証左であろう。

「頼む……。できれば、蒸留酒《じょうりゅうしゅ》を入れてくれ」

「ダメです。執務中ですよ」

子どもを叱りつけるようにメトラは注意する。

とぽとぽと音を立て、ティーカップに注がれると、芳しい香りが書斎を包んだ。

どうぞ、とメトラはカップを差し出す。

王女時代、茶を入れるなんてことはなかった。やり方こそ知っていたが、おいしい入れ方を覚えたのは、魔族になってからである。指南役は今、目の前にいる魔王の若き副官だ。

ヴァロウは口を付ける。

うまいな、とメトラが入れた紅茶を褒め称えると、一枚の書類を机の上から拾い上げた。

問題は山積みだ。しかもすべて即時行わなければならない案件ばかりだった。

時間が圧倒的に足りていないのである。城門を閉じ、箝口令《かんこうれい》こそ敷いてはいるが、いずれここが魔族によって占領されたことは、近隣諸都市に気付かれるだろう。それまでに壊れたインフラの整備、占領下の治安維持、外敵に対する戦力の増強と武器防具の調達、そのすべてを行わなければならない。

何にせよ、人手が欲しかった。

すでに本国に報告し、援軍を要請しているが、一日二日で用意できるものではない。

「しかし、目下のところ一番の問題は――」

「ヴァロウ！」

ザガスが書斎の分厚い木の扉をぶち抜き、書斎に入ってくる。ふー、と猫のように息を吐き、バラバラになった扉を蹴飛ばしながら、ヴァロウの方に近づいてきた。

ダンッ、と机を叩く。山と積まれた書類が、バサリと崩れ落ちた。

「騒々しいぞ、ザガス」

「うるせぇ！　それどころじゃねぇんだ！」

「何かあったのですか？」

メトラは凜々しい顔をザガスに向けた。

ザガスは一瞬、その三白眼《さんぱくがん》をメトラに向けた後、再びヴァロウを睨む。

「ヴァロウ！　オレ様は――」


ぎゅるるるるるるるぅぅぅ……。

盛大な腹の音が狭い書斎に鳴り響いた。

「腹が減った……」

ザガスは脱力し、自分の腹をなで回す。

その緊張感のない腹の音に、メトラは呆気に取られるが、直後怒りが湧き上がった。

「あなたねぇ。何か問題でも起こったのかと思ったじゃない」

「馬鹿野郎！　オレ様にとっては大問題なんだよ‼　なあ、ヴァロウ。いいだろ？　一人くらい人間を摘まんでもよぅ」

ザガスは窓の外を見る。教会の外では民が集まり、虚ろな目で指示された作業を行っていた。

つまり、ザガスはルロイゼンの民を食わせろと要求しているのである。

魔族は雑食だ。人間も食うし、必要とあらば同族だって食べる。

だが、基本的に人鬼族《ワーオーガ》は、人食をしない。身体が受け付けないというより、人間を消化できるような体内構造になっていないからだ。人間を食べるのは、もっと大きな個体の魔族や魔物である。

しかし、緊急時となれば関係はない。ザガスにとっては、今がその時なのだろう。

「ダメだ。今は人間の協力が俺たちにとって必要不可欠だ」

少なくとも治安維持管理は、ルロイゼン城塞都市の兵士に任せている。

それに「今」とは言ったが、今後もザガスに人食を勧めるつもりはなかった。

「けどよ。腹が減っては戦はできないって言うぜ」

「ほう……。難しい言葉を知っているな」

「馬鹿にするな！　褒めるぐらいなら、何か食わせろ」

がるるる、とザガスは牙を剥き出す。

ヴァロウだって、そうしたいのは山々だが、ない袖《そで》は振れない。実は一番の問題というのは、食糧のことだった。一応占領中の食糧を用意しておいたのだが、ヴァロウの想定以上に、ルロイゼン城塞都市に備蓄が残されていなかったのだ。頼みの領庫も、領主の館が燃えた時にすべて炭に変わっている。

「ねぇねぇ、ヴァロウ」

険悪なムードが漂う中、明るい声が狭い書斎に響く。

現れたのはエスカリナだ。武装はせず、町娘が着るような質素なワンピースに、皮のベストを纏《まと》っていた。それでも美しいエスカリナが着ると、一流の仕立屋が作ったドレスのように見える。

エスカリナは壊れた扉を踏まないように、慎重に部屋の中に入ってきた。

「なんだ、女？　取り込み中だ。オレ様に食われないうちにとっとと出てけ」

「ザガス……」

メトラが諫めたが、第六師団随一の暴れん坊は態度を改めなかった。

態度を変えなかったという意味では、エスカリナも一緒である。

踵《きびす》を返すどころか、また一歩、三人の魔族の方へ近づいてきた。

「良い感じでカッカしてるわね。そこでなんだけど、そのストレスを発散するつもりはないかしら」

「はっ？」

「あのね。魔族と人類の親睦会を開こうと思うの」

「親睦会だと？」

「折角、一つの都市に二種族が集まってるのよ。ここで互いのことを知る場を設《もう》けようというわけ」

「親睦会か……。悪くないわね」

「でしょ！　メトラさん、話がわかるじゃない」

「こ、こら！　気安く触るんじゃありません」

「ごめんごめん。ザガスはどう？」

「誰がそんなのに参加するかよ、めんどくせぇ！　あとな。呼び捨てで呼ぶな、様を付けろ、様を！」

赤い顔をしながら、ザガスはエスカリナを睨む。

大の男ですら震え上がりそうな形相《ぎょうそう》なのに、エスカリナにはまるで通じていないらしい。

ニコニコと笑顔を振りまいていた。

「そんなことを言っていいのかな。親睦会は、そもそもあなたの上司から発案されたのよ？」

「え？　ヴァロウ様が？」

皆が一斉に椅子に座ったヴァロウを見つめた。

「エスカリナも言ったが、これまで交わることがなかった種族が、一つの都市にいるのだ。見えない負荷が現れるだろう。その負荷を取り除く意味でも、発散の場は必要だと考えた」

「正気か、ヴァロウ！」

ザガスは敵意と殺意を剥きだし、ヴァロウを睨む。

するとと、エスカリナは一言付け加えた。

「おいしい食べ物も出るわよ」

「なにぃ！」

ザガスの目の色が変わった。ごくり、と唾を飲み込む。メトラは冷静に反論した。

「しかし、食糧は……」

「大丈夫よ。領庫の中に無傷の食糧を見つけたの。それでなんとかなると思う」

「貴重な食糧でしょ、それは」

「そんなに多くないの。保って三日ってとこじゃないかしら。それなら、パアッとみんなに振る舞って、精神的なケアをした方がいいじゃない？」

メトラは反論する言葉を失い、やれやれと首を振った。

「ヴァロウ様の発案であれば、私から言うことはないわ」

補佐役メトラの承認を取り付けると、エスカリナは手を叩いた。

「やった！　じゃあ、ザガスとヴァロウにも協力してもらうわよ」

「協力だあ？」

「こういう親睦会にはね。座興《ざきょう》というものが必要なのよ」

エスカリナは不敵な笑みを浮かべるのだった。

二日後――。

ルロイゼン城塞都市の民が、中央広場に集結していた。

車座になり、声援を送っている。

そのぽっかりと空いた中央に立ったのは、二人の人鬼族《ワーオーガ》――ヴァロウとザガスだ。

二人とも半裸になり、軽く身体を動かして、準備していた。

「お前とは一度戦ってみたかったんだ」

「最初は興味がないとか言っていたのに、随分変わったな、ザガス」

「はっ！　そんなこと覚えちゃいねぇよ。飯が食えて、その上お前と戦えるなんて願ってもねぇ」

「単純なヤツだ」

「なあ、ヴァロウ。賭けをしねぇか」

「賭け？」

「オレ様が勝ったら、オレ様が魔王様の副官になるってのはどうだ？」

「無意味だ。そもそも副官の任命権を持っているのは、魔王様だけだ。だいたい俺が勝った時に、お前はそれに見合う賭け金が払えるのか？」

「チッ！　相変わらず屁理屈《へりくつ》ばかりこねやがる。オレ様はお前のそういうところが大っ嫌いなんだ」

「しかし、お前がそれでモチベーションを上げられるというなら、一考しなくもない」

「ホントか？」

「約束はできないがな」

「二人ともそろそろいい？」

進み出てきたのは、審判役のエスカリナである。

メトラでは公平性を欠くということで、彼女が取り仕切ることになった。

そのメトラはというと、ヴァロウの後ろで旗を振って応援している。

若干ヴァロウは複雑な表情を浮かべていた。

ルールは単純にして明快だ。

武器無しの殴り合い。降参するか、審判役であるエスカリナが止めればそれで終わりである。

「はじめ！」

エスカリナの合図が響く。

声援が大きくなる中、ザガスが所定位置から消えた。

次の瞬間、ヴァロウを中心に影が広がる。

真っ青な空と太陽を背にして、ザガスが飛来した。

引き絞った拳を地面に突き刺す。瞬間、整備の行き届いていない石畳が捲れ上がった。

瓦礫が飛散し、距離を取っていた観衆の方にまで降り注ぐ。

「ちょ！　街を壊さないでよ！」

エスカリナが注意したが、もう遅い。

ザガスは埋まった腕をすぐさま引っこ抜いた。寸前で回避したヴァロウを睨みつける。

牙を剥きだし、鬼の角をビンと立てて、上司に襲いかかった。

膂力はもちろんだが、ザガスはスピードも速い。

観衆の目が追いつけないほどにだ。

「はぇぇ……」

「なんていう戦いだ」

「まるで嵐みてぇだ！」

対するヴァロウは、その嵐のような攻撃に対応していた。

すべての攻撃を見切り、さらに予測する。体格ではヴァロウはザガスに劣るが、軍師時代に培《つちか》った経験則によって、その悉《ことごと》くを回避していた。しかし、傍目《はため》から見れば押されているように見える。

エスカリナはそっとメトラに囁いた。

「ちょ！　ヴァロウ、大丈夫なの？」

ザガスの剛腕が唸る度に、見ている方の背筋が凍る。

当たれば、小さなヴァロウの身体など粉々になってしまうだろう。

エスカリナが心配するのも無理もなかった。

「大丈夫ですよ。ヴァロウ様は、最強の副官ですから」

人と魔族の乙女が囁く横で、ヴァロウとザガスの戦いは白熱していく。

「どうした、ヴァロウ！　逃げ回っていたら、オレ様には勝てねぇぞ!!」

ザガスの剛腕が、ヴァロウの頭の上を暴風のように通り過ぎていく。

その風圧は凄まじく、近くの建物の壁を抉《えぐ》り飛ばしてしまった。

「ぎゃあああああああああああ!!」

ちょっと下品な悲鳴を上げたのはエスカリナである。

綺麗な金髪をくしゃくしゃにしながら、頭を抱えた。目にはうっすらと涙が浮かんでいる。

「ちょっ！　終わり！　終わり！　これ以上やったら、ルロイゼンが潰れちゃうわ」

だが、ザガスもヴァロウも止まらない。

より一層加熱し、動きが速くなる。

エスカリナはメトラに助けを求めた。

「メトラさん、二人を止めて」

「残念ですが、それは無理ですね」

「えっ――――」

「魔族に座興を頼んだのですから、これぐらいの被害は覚悟していただかないと」

「そ、そんなぁ～」

メトラは笑みを浮かべる。地下房での一件をここで晴らした。

一方エスカリナは青い顔して、二人の座興を見守る。いつの間にか会場内も静まり返っていた。固唾を呑み、本気でルロイゼンが壊れるのではないかと心配する。

そんな微妙な空気を察したのは、ヴァロウであった。

「そろそろか」

「は？　何を言って？」

「決着がだ」

「お前が負ける、な！」

瞬間、飛び出したのはザガスの蹴りだった。

これまで拳打主体だった攻撃を突如切り替える。

頭が悪いように見えて、ザガスは戦いのことになると、トリッキーだ。

たまにヴァロウでも予測のつかない動きをする。

だが、今回ばかりは軍師の読み筋であった。

「残念だったな」

ヴァロウはザガスのハイキックをかいくぐる。

一気に距離を詰めると、拳を握った。伸び上がるような動きでザガスの顎を捉える。

重い音が中央広場に轟いた。

ザガスの巨体が一瞬ふわりと浮くと、尖塔が崩れるように石畳に沈んだ。

観衆はしぃんと静まり返る。

一体、何が起こったかわからない。

だが、ヴァロウは手を掲げた時、彼が勝利したのだとようやく理解した。

まばらだが拍手を送るものが現れる。次第に数が膨れ、いつしか数千の拍手に変わった。

「おおおおおおおおおおおおおおおおお！！！！」

見ていた民衆から声が上がる。

その中心にいたのは、最強軍師であり、魔王の副官――ヴァロウであった。

「さすがですわ、ヴァロウ様」

最初に声を掛けたのはメトラだった。

笑みを浮かべながら、そっとヴァロウに上着を差し出す。

ヴァロウは黙って袖を通し、衿《えり》を正した。周りを観察する。熱狂的な歓声を上げる人間もいれば、警戒するような視線を送る者もいた。

「ひとまず成功ですね」

観衆の声援に紛れるようにメトラは耳打ちすると、ヴァロウは一つ頷いた。

「て、てめぇ……。最初から本気じゃなかったな」

うめき声を上げたのは、ザガスである。頭を振りながら、ゆっくりと巨体を起き上がらせた。

ザガスの言うとおり、ヴァロウは最初から手を抜いていた。

民衆に魔族の力を見せつけるためだ。

存分にザガスの力を見せた後、さらにヴァロウがそれを打倒する。

化け物の上に、さらに化け物がいることを認識させ、間接的に領民に恐怖を植え付けたのだ。

確かに民衆の協力を得るには、こういった座興に参加する必要もある。

だが、飴だけでは統治はできない。恐怖――つまり、鞭を振るうことも必要だ。

最初、ヴァロウが親睦会を提案したのも、魔族と人類の融和を進め、一方で抵抗勢力を牽制する意味合いもあったのである。

エスカリナは三人の魔族の方に近づいてきた。

「驚いたわ。ヴァロウって強いのね」

「当たり前です。ヴァロウ様は最強の――――」

「メトラ……」

「失礼しました」

「何々？　最強の何？」

「副官という意味ですよ」

メトラの言い訳に、エスカリナは「ふーん」とジト目で両者を睨んだ。

「ヴァロウ、次は武器ありでやろう」

まだ暴れ足りないザガスは、自分の棍棒を探す。

慌ててエスカリナは、ザガスを戒めた。

「だ、ダメよ！　座興はこれで終わり。これ以上やったら、ルロイゼンが潰れちゃうわ。そこまでわたしたちは求めてない」

「うるせぇ！　お前たちの事情なんて知ったことかよ！」

「そんなことを言うなら、ザガスだけ夕飯抜きよ」

「な！　飯抜きだと!!」

「今日はおいしい焼き魚なのに……」

「や、焼き魚……。な、なんだそれは……」

途端、ザガスはトーンダウンする。

魔族は料理をしない。火もあまり使わないから、生食が主体で、牛や豚、あるいは羊といった肉食中心の生活を送っている。だから、焼き魚と聞いて、ザガスはピンときていない様子だったが、身体は正直らしい。すでに口の中は唾液で溢れかえっていた。

「焼き魚ですか？　食糧は……」

「心配するな、メトラ。すでに食糧問題は一部解決した」

「え？」

途端、広場が騒然となった。わっと人垣が割れると、愛くるしいスライムの軍団が現れる。ピョンピョンと跳ねながら、ヴァロウたちの方に近づいてきた。そのぷよぷよの身体には、串に刺さった焼き魚が刺さっている。ぷん、と磯《いそ》の香りを周囲に振りまき、整列した。

ザガスの表情が緩む。彼だけではない。ルロイゼンの領民たちも、ごくりと唾を呑んだ。

「魚だ……」

「うそ……」

「魚が食べられるの？」

「高級食材だぞ」

本当に魚なのか。

疑念を抱きながらも、領民たちはスライムに刺さった焼き魚から目が離せない様子だった。

魚は高級食材である。

何せ海は、魔族の勢力圏だ。磯で釣り糸一つ垂らそうものなら、魔物が襲いかかってくる。故に魚を食べられるのは、王族か侯爵以上の貴族ぐらいだった。それほどこの世界では稀少な食材なのだ。

領主の娘でもあるエスカリナすら唾を飲み込み、尋ねた。

「ヴァロウ。自分で言っておいてなんだけど……。これ本当に食べていいの？」

「ああ……。人数分はまだないが、家族で分け合って食べるぐらいならあるだろう」

エスカリナの瞳が輝く。ルロイゼンの市民たちに振り返った。

「みんな、食べていいって！　ただし一家族一つよ。欲張りさんは、ザガスに叱られるからね」

「オレ様がなんだって？」

ザガスは顔を上げる。

すでに焼き魚に舌鼓を打っていた。豪快に頬張った跡が、口の周りに付いている。どうやら気に入ったらしい。ガシガシと身を食べると、最後は骨と頭だけになったものを飲み込んだ。

魔族にとっても、魚は馴染《なじ》みのない食べ物だ。魚は海の幸であるが、陸にいる魔族たちはこれまで海の魔物と対立し、海の物を嫌ってきた。その差別意識は、ヴァロウが関係を修復した今でも根強い。

それ故に、ザガスが気に入るかどうかわからなかったが、杞憂に終わったようである。

「うめぇ……」

ぺろりと舌で指に付いた塩を舐め取る。

恍惚とした顔は、先ほどまで強大な力を振るっていた魔族とは、とても思えなかった。

ルロイゼンの市民は焼き魚に群がるのかと思ったが、違う。

恐る恐るスライムに近づき、串に刺さった焼き魚を拾い上げた。

しげしげと眺める者がほとんどだが、致し方ないだろう。ほとんどの領民が、側に海がありながら、魚を食べたことがないのだ。どこを食べていいのかわからない者もいた。

それでもおいしそうに食べるザガスを見て、恐る恐る口を付ける。

すると、徐々に市民の顔つきが変わった。貪るように食い始めると、しぃんと静まり返る。魚を咀嚼する音だけが城塞都市に響いた。

エスカリナも焼き魚の味に魅了されていた。淑女《しゅくじょ》の嗜《たしな》みも忘れて、ザガスと同じく豪快に頬張る。

おいしい、と唸り声を上げた。

その姿を見ていたヴァロウの元にも、スライムがやってくると、串を差し出す。

ヴァロウもまた焼き魚を頬張った。

「ふむ……」

うまい。

水分が吹き飛んだカリカリの皮が、口内で気持ちの良い音を立てる。

その下から現れたのは、白いプリプリの身だ。新鮮であることは、食べた瞬間わかった。

人間だった頃、ヴァロウは一度だけ魚を食べたことがある。

その時は、鮮度が落ちていて、特においしいとは思わなかった。

だが、この焼き魚は違う。

肉厚な身から旨みが滲《にじ》み出て、口の中に波のように押し寄せてくる。

ヴァロウはひたすら無言を貫き、一匹の焼き魚を堪能した。

「ヴァロウ様、一体この魚は？」

「これは魚人たちの貢ぎ物だ」

「魚人の……！」

ヴァロウは海の魔物を従えている。

彼らに命じて、魚を捕ってきてもらったのだ。

「さすが、ヴァロウ様」

「だが、食糧事情としては一部の解決に過ぎん。さすがに魚ばかり食べさせるわけにはいかないからな」

「なるほど。確かに……。では――」

「ああ。案ずるな。次の策は考えてある」

ヴァロウは骨と頭だけになった焼き魚を掲げる。

いつも無表情である人鬼族《ワーオーガ》の青年は、牙を剥きだし、ニヤリと笑った。

✣

親睦会は成功に終わり、ヴァロウは再び政務に励んでいた。

やることは山積しているが、ヴァロウの表情は幾分穏やかだ。

少しずつルロイゼンが回り始めてきたからだろう。

「メトラ……。エスカリナを呼んでくれ」

「あ。はい……」

茶器を傾けたメトラに指示を出す。

しばらくしてから、エスカリナがヴァロウの書斎にやってきた。

「来たわよ、ヴァロウ。わたしに何か用かしら」

ヴァロウは無駄話が嫌いだ。社交辞令も挨拶もなく、話を切り出した。

「お前が住んでいた館に出入りしていた御用《ごよう》商人が、まだルロイゼンにいるな？」

「ええ。いるわよ」

ヴァロウたちがルロイゼン城塞都市を占領して以来、唯一の脱出路とも言える北側の城門はずっと閉められたままになっている。城壁は高く、登ることができるのは、兵士かスライムに限定されていた。海側も同様で、常に海の魔物たちが、脱走者がいないか目を光らせている。

都市から出られない以上、エスカリナの父ドルガンの御用聞きの商人は残っているだろうと、ヴァロウは予想していた。

「連れてきてくれないか。話がしたい」

「それはいいけど……。商人を呼び出してどうするの？　もしかして、商売でも始めるつもり？」

「そのまさかだ」

「また何か面白いことを企んでるのね。まあ、いいわ。続きは商人を連れてきてから聞きましょう」

「ちなみに、どんなヤツだ？」

「そうね。若くていい男よ。わたしのタイプじゃないけど。あと……真面目ね」

「それは性格が、か？」

「少し違うわ。商人として、ね」

「なるほど。では頼む」

「仰せのままに」

エスカリナは大げさに一礼し、書斎を後にした。


少し時間を置いて、エスカリナが書斎に戻ってくる。その後ろに、背の高い男が立っていた。

ヴァロウの前に進み出ると、男は胸に手を当て一礼する。首から下げた守護印がじゃらりと音を立てた。守護印には行商人たちが崇《あが》めるヘルノスという「道と商人の神」の意匠が彫られている。

「ペイベロ・ボローニャと申します。この度は、お呼び立ていただきありがとうございます」

やや芝居がかった口上を述べると、ニコリと微笑んだ。

少し癖がついた紺色の長い髪。頭にターバンを巻き、緩やかな長衣を重ねて着ていた。鼻筋は通り、薄紫色の瞳はどこか蠱惑《こわく》的で、商人をさせておくにはもったいないぐらいの美男である。むしろ細い肢体と色白の肌も相まって、まるで女のように見えた。

ヴァロウは何も言わず、数拍ペイベロを観察する。同時にペイベロもまたヴァロウを舐めるように見つめていた。お互いに値踏みをした後、先に切り出したのは、ヴァロウの方だった。

「ペイベロ、お前に商売をしてもらいたい」

「それはなかなか楽しい依頼ですね。しかし、現在北の門は閉ざされております。商売といっても、城塞都市内で貨幣を回すのには限界があるかと」

「承知している。だから、お前には外貨と食糧を調達してきてほしい」

「もちろん。北の門を開けていただければ、直ちに……」

「それはできない」

ヴァロウはきっぱりと突っぱねた。

先ほどまでニコニコしていたペイベロの顔が曇る。

「それは、ヴァロウ様。少々ご無体《むたい》お話かと……」

「ああ。だから、お前たちには北の門とは別の方から出てもらう」

「別？」

「海だ……」

ピンと空気が張り詰める。

一瞬、皆の頭の上にクエスチョンマークが灯った。

海――つまり海路を使い、商売しろとヴァロウは言っているのだろう。

しかし、海は魔物の巣窟である。そして彼らは総じて手強く、海中では無敵の存在だ。

こんな逸話がある。その昔、ある国が大艦隊を率いて、海の魔物を駆逐しようとした。だが、出航した直後に、すべての船が轟沈し、沖に出ることすらできなかったと言う。

以来、人類は海路の奪還から一時的に手を引き、今は陸地に戦力を集中させている。

「しかし、俺たちにその枷《かせ》はない」

海の魔物は、今ヴァロウの傘下にいる。

一つ命令を出すだけで、彼らは協力してくれるだろう。翻せば、今この世界において、海上輸送をできるのは、ヴァロウをおいて他にいないのだ。

「海上交通を独占するおつもりですか？」

「独り占めしたいわけではない。ただそれをできるのが、俺だけだという話だ。海の利便性は、熟知しているな？」

ペイベロは頷く。その涼しい顔には、汗が浮かんでいた。

海上輸送のメリットは、一度に多くの荷物が運べることだろう。そのため輸送費を抑えることができる。さらに陸送よりも速いため、何度も往復することが可能だ。

「しかし、船はどうするのですか？」

「小さな船ならあるが、大きな商売をするには、大きな船が必要だろう。ならば、商売で得た金で、船を買うしかない。人類側にとっては、今や帆船などデカい木の塊だ。そう高価ではないはず」

「リントリッドに、確か使われていない船が船渠《せんきょ》で眠っているはずです。まずそこから当たってみてはいかがでしょうか？」

進言したのは、そのリントリッド王国の元王女メトラである。

「まだ船なんて残っていたのですね。人類が海の奪還を諦めて、久しいのに。それで船乗りはどうするんですか？　今のご時世で船乗りを集めるのは……」

「船乗りは必要ない。人間はお前一人だ」

「わたくし一人とは？」

「船は海の魔物たちに引いてもらう。最悪浮かんで、商品を載せることができればいいのだ。海の魔物たちには、すでに話した。問題ないとのことだ」

「な、なんてお人だ……」

ペイベロはよろめいた。

もはや反論も反証も見つからない。ただ呆然とするより他なかった。

「商売の方法はお前に一任する」

「え？　いいのですか？」

「俺が口出しするよりも、その方が何かと都合がいいだろ？」

それがトドメになった。

商売の方法。ヴァロウの器のデカさ。

ペイベロはただ手を上げて、降伏するしかなかった。

「ヴァロウ様。実を申すと、わたくしはここに来て、舌鋒《ぜっぽう》によってあなたに小さな仕返しをするつもりでした」

「ほう……」

「商売はわたくしの命も同然です。その商売ができないことは、もはや死んでるのと同義。随分とあなたを恨みました」

「だから、仕返しか？」

「はい。我ながら子供じみたことを考えたものです」

「それで……。どうするのだ？　まださやかな抵抗を続けるのか？」

「とんでもない。この商売、是非受けさせていただきたい」

ペイベロは頭を下げる。再び顔を上げた時には、元の営業スマイルを浮かべていた。

「わかった。お前に頼む」

「ありがとうございます。ただ人手を数人ほしいのですがよろしいですか？　もちろん、信頼のおける人間たちです」

「任せる――と言っただろう？」

「かしこまりました」

ペイベロは書斎から退室する。

それを見送ったヴァロウは、一つ息を吐いた。

「なるほど。エスカリナの言った通りだな」

「でしょ？　ペイベロの良いところも悪いところも、商売に真面目なところよ。そのためなら、人も魔族も選ばない」

エスカリナは微笑む。一方、メトラは違った印象を受けたらしい。

「よろしいのですか、一任して？　監視を付けるべきでは？」

「ペイベロにとっては、商売が何よりも優先される。海上輸送というメリットの大きさは重々承知しているだろう。それをみすみす手放すヤツではない——俺はそう判断した」

「なるほど」

メトラもすとんと胸のつかえが下りたような表情をした。

「いずれにしても、また大きなことを考えたわね、ヴァロウ。まさか海で商売するなんて」

「簡単な理屈だ。陸が無理なら、海で商売をするだけだ」

ヴァロウは事も無げに言い放つ。

そして、机の上の書類を一枚持ち上げ、次の仕事に取りかかった。

✣

ルロイゼン城塞都市から魔王が治める本国までは、かなりの距離がある。

三つの河川。二つの山脈。他に二つの広大な領地があり、そのさらに先にある三つの街道が、現在魔族軍と人類軍がぶつかり合う最前線である。

ルロイゼンの占領こそ成功したが、本国の援助は期待できない状況だ。さらに現状の魔族の戦力では、戦線を押し上げることも難しいだろう。今後のヴァロウの方針としては、周辺の都市の占領を掲げていた。その後に魔族の本国方向に軍を動かし、前線軍を挟撃《きょうげき》するという壮大な作戦を考えていた。

しかし、現状では不可能である。

まず一も二にも戦力が足りない。三人の魔族と、二〇〇匹のスライムでは、近隣諸都市を落とすことすら難しい。そもそもルロイゼンの防衛すら、ここの兵士に任せているぐらいなのだ。打って出るなんていうことは、夢のまた夢であった。

唯一の光明は海路を確保できていることだろう。

昨日、ついにペイベロはルロイゼン城塞都市に食糧や日用品を運び入れた。船も造りかけで放置されたものを、タダ同然で手に入れたらしい。ヴァロウが指示してから、まだ十日も経っていなかった。

「『このご時世、船なんてどうするんだって?』っていろんな人に聞かれましたよ。誤魔化すのが大変でした」

ペイベロは苦労を語る。とはいえ、彼も商人だ。これぐらいは朝飯前だろう。

「ヴァロウ様に言われて、魚を売ってきましたが、通常の二割増しでも飛ぶように売れましたよ。これで外貨獲得の目算が立ちました」

「魚は貴重で高級食材だからな。金を持ってる貴族なら飛びつくだろう。だが、あまり派手にやるなよ。どこかの大商会に目を付けられたら厄介だ」

「心得ております」

当面の食糧と外貨の目処《めど》はついた。これでいよいよ軍事に本腰を入れられる。

ヴァロウは書斎で一つ息を吐く。すると、歌が聞こえた。

うっとりとするような美しい声が、朗々とルロイゼン城塞都市に響き渡っている。

「人魚だな」

「何かあったのでしょうか？」

早速、ヴァロウはメトラを伴い、海岸へと向かう。岩の上に見目麗しい人魚が腰掛け歌っていた。

ヴァロウに気付き、頭を下げる。すると、一本の筒を差し出した。

密閉式になっており、随分と頑丈な素材が使われている。そこには竜の紋章が刻印されていた。

「ドラゴラン様からだな」

魔王軍第一師団の団長ドラゴラン。

魔王が束ねる六つの軍団の中でも、最強と謳われる竜人軍団の長《おさ》である。

第一師団は数こそ他の軍団よりも劣るが、その一匹の強さは人間一〇〇〇人に匹敵すると言われ、その軍の長たるドラゴランは、魔王を除けば、魔族最強と謳われていた。

ヴァロウとドラゴランは、同じ副官であると同時に、深い絆で結ばれている。どちらかと言えば、ドラゴランが一方的にヴァロウを好《す》いているのだが、まだ若い副官を影ながらに支えてくれていた。

ルロイゼン城塞都市攻略という作戦も、ドラゴランの後ろ盾がなければ実行できなかったであろう。

ヴァロウからすれば、師匠のような存在だった。

届けてくれた人魚に礼を述べ、一旦書斎に持ち帰る。開け口のない筒を慎重に、剣で切り落とすと、手紙と手の平サイズの小さな杖が出てきた。杖の先には宝石が付いている。高価なものであることは、一目瞭然《いちもくりょうぜん》だ。

まずヴァロウは手紙を黙読した。

やはり差出人はドラゴランからだった。

ヴァロウ殿。

お前が魔王城から出立して、随分時間が経った。

息災か？　と聞いても、せっかちなお前のことだ。読み飛ばしてしまうだろう。

だから、前置きはなく、用件を簡単に話す。

よくやった！

ルロイゼンを落としたと海の魔物どもに聞いた時は、耳を疑ったが、まさか本当に落としてしまうとはな。お前には魔王様の脱出計画を聞いた時から驚かされっぱなしだが、今回は特に驚いたぞ。

すでにルロイゼンが落ちたことは、魔王様も知っている。大変喜ばれていた。

お前から要請があった援軍についても、一考していただけるそうだ。

ただ残念ながら、我らに造船の技術はない。加えて本国からルロイゼンまでかなりの距離があり、お前が、船を調達しないかぎりは、援軍を送ることもできない。

一刻も早く船を手に入れよ。そして、また共に戦えることを祈っている。

ドラゴラン

追伸　第三師団のシドニムから玩具をもらった。お前なら使いこなせるだろう。

「ドラゴラン様、随分とヴァロウ様のことを案じているご様子ですね」

メトラは手紙を受け取り、再度黙読する。

決して達筆ではないが、一生懸命書いたことだけは伝わってきた。

こういう事務方の仕事を、ドラゴランは苦手としている。それでも、自ら手紙をしたためたのは、相手がヴァロウだからであろう。

一方、ヴァロウは手紙と一緒に入っていた小さな杖を眺めていた。

小さな杖の形をした変わった魔導具を見て、メトラの顔が輝く。

「ヴァロウ様、その杖はもしや？　第三師団のシドニム様からもらったとありますが」

第三師団は死霊族《ワイト》――スケルトンや首無し騎士、怨霊《おんりょう》といった魔物を主体とする師団である。

シドニム自身は死霊使い《ネクロマンサー》であり、副官の中でも飛び抜けて魔力が高いことで有名だった。

「第三師団の宝具の一つ【死霊を喚ぶ杖《アンデッド・スティンガー》】だろ」

宝具とは魔王が作りし、特別な魔導具である。魔王以外に、功績を収めた副官にしか所持が認められず、こうして他の副官に貸すこと自体、稀《まれ》なことであった。

それをドラゴランは、シドニムから借り受け、ヴァロウに送ったのである。

シドニムは寡黙で掴みどころがなく、はっきり言うと意思疎通が難しい相手だ。ほとんどの副官が気位の高いものたちばかりなのだが、シドニムも例外ではない。そんな相手から何かを借り受けるというのは、大変な労力がいる。

ドラゴランがシドニムに頭を下げる姿が、ヴァロウの脳裏に浮かんだ。

それだけではない。師団の宝を他人に預けるなど、ドラゴランの首一つで済むはずがない。

あくまで推測だが、魔王からの進言もあったのだろう。

「メトラ、城外に行くぞ」

「は、はい」

メトラが返事をする前に、ヴァロウは書斎の扉を開いていた。

✣

ルロイゼン城塞都市から徒歩で半日の距離。

少し小高い丘があり、そこからならルロイゼンの全貌を確認することが可能だ。遠見鏡《とおみきょう》があれば、人々の暮らしぶりを目にすることもできるだろう。

その丘に迷彩柄《めいさいがら》の服を着た一人の男がいた。

その手に握られた遠見鏡は、今まさしくルロイゼン城塞都市の方へと向けられている。単眼の遠見鏡でくまなく城塞都市の様子を探る中で、ルロイゼン城塞都市の兵士と魔物らしきものが、城壁の上に立っているのを発見した。さらに側では棍棒を担《かつ》いだ人鬼族《ワーオーガ》が、焼いた魚を食べている。

男はやおら立ち上がり、一度目を揉んだ。

「信じられねぇなあ。魔族と人間が同居してやがる」

男は近隣都市に雇われた諜報員だった。

ルロイゼン城塞都市の城門がずっと閉じられていることを知り、調査に来たのである。

ここの領主の評判はすこぶる悪い。

他の諸都市も似たようなものだが、その圧政は有名な話だ。

民衆が決起し、内乱でも起きたのかと思っていたが、男が見たのは予想の斜め上を行く光景だった。

風が鳴く。その瞬間、男の姿は消えていた。

ルロイゼン城塞都市の陥落を確認。

ヴァロウの予測よりも、二日も遅い露見であった。

✦ Episode. 03 ✦

✦ Vallow of Rebellion ✦

Jyokyukizoku ni Bousatsu Sareta Gunshi ha Maou no Fukukan ni Tensei shi, Fukushu wo Chikau

ヴァロウは、相変わらず熱心に政務に精を出していた。

そんな時、エスカリナが珍しい人物を伴い、書斎の中に入ってくる。

「ヴァロウ、失礼するわよ。実は、兵士長からあなたに嘆願《たんがん》があって……。ちょっと聞いてくれる？」

「嘆願？」

ヴァロウは細い眉宇を動かすと、書類から顔を上げ、兵士長を見つめた。
四、五〇代ぐらいの如何にも管理職が板に付いた兵士長は、ビクリと肩を震わせる。
ヴァロウの瞳は鋭い。加えて普段から仏頂面である。

側に控えているメトラすら、その感情の機微《きび》がわからない時があるほどだ。

ヴァロウの表情を見て、兵士長は怒られた子どものように縮こまる。

その緊張感が側にいたエスカリナに伝わったのだろう。「さあ」とエスカリナは兵士長の背中を押した。数瞬、逡巡《しゅんじゅん》した後、兵士長は口を開く。

「今日はお願いがあって参上しました、ヴァロウ殿」

「なんだ？　気を楽にして、自由に話せ。心配しなくとも襲いかかったりはしない」

ヴァロウも兵士長から漂う空気を読む。その甲斐あってか、兵士長の表情が少しほぐれた。

一方、ヴァロウは「嘆願」というものを計り兼ねていた。

城塞都市の兵士とはうまくやっている。一緒に守備に加わっているザガスが粗相をしたという話も聞かない。兵士長とエスカリナが定期的に兵をケアしているため、今のところ脱走者はゼロだった。

不満が〝ゼロ〟というわけではないだろうが、うまくやっているように思える。

「まず一つお尋ねしたい。ヴァロウ殿は、このルロイゼン城塞都市の状況がずっと続くと考えておられるのでしょうか？」

漠然《ばくぜん》とした質問だ。

内政向けと外政向けだけでも、ヴァロウの頭に二十通り以上の答えが思い浮かぶ。

おそらく兵士長が聞いているのは後者だろう。

今後ルロイゼン城塞都市を攻めてくる外敵のことを気にしているのかもしれない。

「難しいだろう。少なくともそろそろ敵が攻めてきてもおかしくない。今すぐということもあり得る」

その大胆な予測に、兵士長はおろかエスカリナ、メトラともども息を呑んだ。

すでにルロイゼン城塞都市の状況は、他の諸都市にも明らかになっている頃合いだろう。

そこから軍の準備と、行程を考えれば、一番近い都市で三日はかかると予測していた。故に、今すぐ現れてもおかしくはないのである。

兵士長は一度身体を強ばらせた後、話を続けた。

「では、お願いがございます。仮に近くの諸都市の兵と争い事になった時、私の部下たちを戦場に出さないでいただきたい」

兵士長は鉈《なた》でも振り下ろすように鋭く頭を垂れた。

「ルロイゼン城塞都市の兵士は戦わないと？」

その発言に目を細めたのは、メトラである。やや強い口調で詰問した。

一方、兵士長は「申し訳ない」と謝るばかりだ。

いよいよヴァロウが口を開いた。

「つまりは、同族と戦いたくないということだな」

「その通りです」

「いいだろう」

「はい。しかし、我々は――――。…………今、なんと？」

「いい、と言ったが？」

「え？　いや、しかし――――」

ルロイゼン城塞都市の兵数は二〇〇。少ないが、ヴァロウにとっては貴重な戦力である。その戦力の長《ちょう》たる兵士長が、自ら「戦わない」と宣言したのだ。当然、ヴァロウは烈火の如く怒るものだと考えていたが、思いも寄らない答えが返ってきて、逆に兵士長の方が戸惑っていた。

「よろしいのですか？　兵士《われわれ》は何もしないと言っているようなものなのですよ」

「何もしていないことはないだろう。ルロイゼン城塞都市の人口は三〇〇〇人。お前たち兵士の治安維持能力がなければ、俺たちはあっという間に潰れていたかもしれない。逆にお前たちは、三〇〇〇人という市民を抑えているということになる。それだけで、立派に役割を果たしていると俺は思っているのだが」

「あ、ありがとうございます」

「ただし兵士長。これだけは覚悟しておいてほしい。エスカリナ、お前もだ」

ヴァロウの鋭い視線が飛ぶ。

名前が出された両者は、キュッと背筋を正し、真剣な表情でヴァロウの話に耳を傾けた。

「仮に人間が、敵意を持って我々を攻撃すると言うならば、魔族は容赦なくその人間たちを殺す。戦術によっては、相手に恐怖を与えるような戦いも必要になる。卑怯だとののしられるような戦法も、俺は躊躇《ちゅうちょ》なく使うだろう」

ヴァロウの言葉の強さにエスカリナと兵士長は、思わず身を竦めた。

それだけではない。彼から漂ってくる強い意思そのものに圧倒される。

だが、次に言ったヴァロウの言葉は、二人の心に少々意外な響きをもたらした。

「その時、俺を許さなくていい」

「「――――ッ!!」」

「だが、お前たちが反論しようとも、俺に剣を向けようとも……。俺は決して今言ったことを躊躇するつもりはない。それだけは覚えておいてくれ」

ヴァロウが掲げる魔族と人類の和平。

そこに一滴の血も流れないとは、ヴァロウも考えていない。

そう脳天気に信じているのは、勇者と呼ばれる者たちぐらいだろう。

だが、ヴァロウは軍師である。そして、それすら過去のことでしかない。

今は魔族であり、魔王の副官なのだ。だから、ヴァロウはこれからも何百、何千、いや、何十万という人間を殺《あや》めるだろう。そこに迷いはない。迷いがあれば、最初から魔王軍に参加などしない。

メトラと一緒に、少し奇妙な共同生活を送っていたはずだ。

しかし、ヴァロウは戦場に舞い戻ってきた。

誰のためでもない。ただ自分が前世で果たせなかった夢のために、魔王の副官となって、今敵地のど真ん中で椅子に座って政務をこなしているのだ。

「どうする、二人とも。止めるなら今のうちだぞ？　むろん、俺も抵抗はするがな」

「いいえ、ヴァロウ。あなたに、この身と領地を預けた時から、覚悟していたわ。異論なんてない。あるわけがない。存分にその力とその知略を振るって」

「私もエスカリナ様と同意見です。ヴァロウ殿は、私の意見を聞き届けてくださった。これ以上の要望は我が侭《まま》というものでしょう」

「――――」

ヴァロウは小さく呟く。

微かに聞こえたその意外な言葉に、エスカリナと兵士長は顔を上げた。

そう――確かにヴァロウは口にしたのだ。


ありがとう、と――――。

確かめようとエスカリナが身を乗り出す。

すると、慌ただしい音が階下から聞こえてきた。

乱暴に扉が開かれると、一人の兵士が飛び込んでくる。

「何事だ！　ノックもせずに！」

すかさず兵士長は部下を叱りつける。

申し訳ありません、と兵士は謝罪しながら、荒い息を吐き出した。

そして息も整わぬうちに叫ぶ。

「て、敵襲です!!」

書斎の空気が、一気に張りつめる。

ヴァロウの予測通り、いよいよ敵がやってきたのだ。

「どこの軍だ？」

「大要塞同盟の都市の一つテーランだろう」

兵士が確認する前に、ヴァロウは言った。

まだ息が整わない兵士は言葉に出さず、何度も頷く。正答であったのだ。

大要塞同盟とは、国から独立した六つの自治要塞都市群のことである。ルロイゼンと、後に人類によって建設されたテーラン、ゴドーゼン、シュインツ、ヴァルファル、メッツァーの六つの城塞都市を街道で繋ぎ、強固な防御線を張ることによって、人類圏に侵入する魔族に対応しようとしたのである。

「旗に……。盾と、六つの星が……。ありました。ま、間違いありません」

「よくわかったわね、ヴァロウ」

「テーラン城塞都市がここから一番近い都市だからな」

そしてルロイゼンと一番交流があるのもテーランだ。

城門が閉められ、その交流がなくなれば、不思議に思うのも当然だった。

慌てるエスカリナや兵士長とは違って、メトラは落ち着いた調子で、上司に質問する。

「如何致しますか、ヴァロウ様」

「むろん、戦う」

「え？　ちょっと待ってよ、ヴァロウ。たった三人の魔族と二〇〇〇匹のスライムだけで戦うの？」

「ああ……」

「無茶よ。テーランがどれほどの兵力を連れてきたのかは知らないけど、ルロイゼンと違って、あそこは八〇〇〇人もの人口を抱えているのよ。その兵力は単純に見積もっても、ルロイゼンの倍――いや、その倍だってありえるわ」

僻地《へきち》のルロイゼンと違って、テーランは大きく、大きな街道沿いにあるため、交通の要衝《ようしょう》として、急速に発展してきた都市である。それ故に、商人との癒着《ゆちゃく》も取り沙汰されることもしばしばだ。

ルロイゼン元領主ドルガン同様に、テーランの領主もあまりいい噂を聞かないが、その成長速度と経済的な豊かさは本物だ。エスカリナの言うとおり、一〇〇〇の兵がいてもおかしくはない。

それでもヴァロウの脳裏に、退却という文字はなかった。

「戦力が違いすぎるわよ、ヴァロウ」

「心配するな。今、見える戦力がすべてではない」

「え？　どういう――」

ヴァロウはエスカリナの質問に答えず、立ち上がる。

そしてメトラを伴い、迷うことなく戦場へと向かった。


ヴァロウは城壁に上る。

詰め所へ入ると、すでにザガスが外の様子を窺っていた。

「様子はどうだ？」

「面白いことになっているぜ」

棍棒を担いだザガスは、牙を剥きだす。

今にも飛び出さん雰囲気だ。むしろよく抑えているといった様子である。

戦闘狂の人鬼族《ワーオーガ》は、それほど戦場に飢えていた。

その面白いことを確認するため、ヴァロウは詰め所の狭間《さま》からそっと様子を窺《うかが》う。

全身を鎧で覆った重装兵たちが、横一列に並んでいた。手には大きな盾が握られている。

「大要塞同盟の重戦士部隊か……」

大要塞同盟には、兵士とは別に同盟の内部で雇った傭兵部隊がいる。

その一つが重戦士部隊だ。大盾を持ち、のろまな戦車のように進軍して、敵に圧力をかける。機動力こそないが、対魔族戦においては非常に有効な戦術だった。人間よりも遙かに膂力《りょりょく》の優れた魔物や魔族に対し、相手の攻撃を手に持った盾でいなしながら、確実に圧力を加えていく。その戦果は凄まじく、大戦中期において、魔族に対して猛威を振るった。

それは巣を攻撃しにきた雀蜂《すずめばち》を撃退する蜜蜂に似ていることから、味方の間では『蜜蜂部隊』とも呼ばれている。そして蜜蜂部隊の発案者は、何を隠そうヴァロウであった。

「ざっと四〇〇か」

想定よりも少ないが、一都市が抱えてる人数としては多い方だ。

重戦士部隊は金がかかる。故にルロイゼン城塞都市には一つもない。だが、その戦力は本物である。横一列に並んだ重戦士の圧力は、倍の数の歩兵すら凌《しの》ぐだろう。

「どうする？　ひと暴れするか？」

ザガスはあれを見ても戦意が衰えていない。むしろ増すばかりだ。

指揮官のヴァロウとしては頼もしい限りだが、さすがにザガスとて、あの重戦士に囲まれれば一溜まりもない。唯一の武将をここで失うわけにはいかなかった。

「堪えろ、ザガス。お前の戦場はこの後だ」

「本当だろうな？」

「俺が嘘を言ったことがあったか？」

「だったら、今嘘を吐いてくれてもいいんだぜ。そしたら、気兼ねなく飛び出していけるからよ」

「どういう理屈だ、それは」

ヴァロウがため息を吐くと、背後から声がかかった。

やや質素なドレスを着て、エスカリナが現れる。

「ここはまずわたしが行くわ。テーラン軍に退くように説得する」

「できるのか？」

「望みは薄いかもね。でも、やるだけのことはやりたいの。ルロイゼンにもテーランにも、無駄な血を流してほしくないから」

「……いいだろう。やってみろ」

「ありがとう、ヴァロウ」

エスカリナが城壁に立つ。

綺麗な金髪をなびかせた美少女を見て、テーラン軍はどよめき、進軍を止めた。

「ルロイゼン城塞都市領主の娘エスカリナ・ボア・ロヴィーニョです」

スカートを摘み、エスカリナは雅に挨拶する。

普段、おてんばであけすけなエスカリナの姿からは想像できない淑《しと》やかな姿だった。

一方、テーラン軍が動く。隊列の中から鎧を纏《まと》った人間が一人、進み出てきた。

兜《かぶと》を脱ぐと、男の顔が現れる。禿頭が強い日差しの中でつるりと煌《きら》めいていた。

「ご無沙汰しております、エスカリナ様。覚えておられるでしょうか。テーラン副総督ボアボルド・ジン・シュニッツェルでございます」

その名前を聞き、ヴァロウは少し眉を動かした。

覚えがある。確かヴァロウがまだ人類軍で軍師をしていた時に、傭兵部隊の副官だった男だ。

双子の片割れで、兄が部隊長をやっていたのを覚えている。野盗崩れの荒くれ者の集団で、時々作戦中に村へと押し入っては、略奪を行っていたというのは、有名な話である。

だが、傭兵部隊の実力は本物だ。おそらくヴァロウの死後も武功を上げ、爵位を金で買ったのだろう。このご時世——貧乏な貴族はいくらでもいる。

「お久しぶりです、ボアボルド様。幼少のみぎりに、よくしていただいたのを覚えております」

「おお。覚えていますとも。あの頃も可愛かったが、今はなんとお美しくなられたことか」

ボアボルドはうっとりと若い領主の娘を見つめ、唇から垂れた涎を手の甲で拭った。

「ありがとうございます、ボアボルド様。それよりも、ボアボルド様自ら軍を率い、我が都市に何用でしょうか？」

「その質問に答える前に教えていただきたい、エスカリナ様。何故、ルロイゼンの北門はずっと閉ざされたままなのでしょうか？」

「先日、父が身罷《みまか》りました」

「なんとドルガン殿が……！」

「それ故、都市を上げて喪に服しておりました。ご報告が遅くなり申し訳ありません。ただ各都市の領主様には落ち着いてからご連絡を差し上げるようにと、父の遺言があり、今こうして高いところからお伝え申し上げているところです」

領主やその家族が亡くなり喪に服す際、城門を閉めるのは、人類側にはよくある風習だった。

これは領主の魂を都市に定着させることによって、守護霊となってもらうこと、さらに死気を外に流さないための験担《げんかつ》ぎである。

「筋は通っておりますな。ですが、随分と喪に服す時間が長いのではありませんか？」

「そんなことはありません。規定の範囲内だと理解しております」

「ならば折角だ。ドルガン殿の弔問に参ろう」

「それはお断りします。死者の遺言に背くことに……」

「別に構わんでしょう。ドルガン殿も断ることはしないはず。それとも、私がルロイゼンに入ることに、何か不都合でもあるのですかな？」

「それはございませんが……」

「エスカリナ様。そろそろ無駄話はやめませんか？」

「無駄話？」

「いるのでしょう？　そこに魔族が……」

「何のことでしょうか？」

エスカリナはさらりと即答する。

しかし、いよいよ表情に余裕がなくなってきた。下腹部の前で組んだ手がかすかに震えている。

それを見て、ボアボルドは白い歯を見せた。

「無理して取り繕う必要などありませんよ、エスカリナ様。すでに我々は確認しております。あなたと――いや、ルロイゼンの民と魔族は結託している……と」

「わたしたちと魔族が結託？　なんと……誇大妄想も甚《はなは》だしい」

「問答など無用なのですよ、エスカリナ様。あなた方が魔族をルロイゼン城塞都市で匿《かくま》っていることは明白。これは国家への著しい反逆行為ですぞ」

「あなた、何を言って――」

「そして私は心おきなく、ルロイゼンを攻めることができる。叩きつぶし、血を浴び、泣き叫ぶ民衆から略奪することができる」

「あなたはルロイゼンを滅ぼすつもりですか？」

「解放するのですよ。正しき人類の都市としてね」

かつてヴァロウも同じ言葉を使い、ルロイゼンを占領した。そして小さな都市で、人類と魔族の融和が始まった。だが、今ボアボルドが語る「解放」はその時と全く意味合いが違う。言葉の響きすら異なっていた。彼はただ血が見たいだけなのだ。

一方、横で聞いていたヴァロウは思う。

兵士長は同族の血を拒み、戦《いく》さを拒否した。

片やボアボルドは同族の血を欲し、戦さを肯定した。

同じ人類でも、人によってここまで考え方が違うのだ。

「ありがとうございます、エスカリナ様。私に好機を与えてくれて。退屈していたのですよ。武功を上げて、貴族様になったのはいいが、これが全く面白くない。戦争をしようにも、戦場は遥か彼方だ。

……そこへ来て、隣の都市に魔族が現れた。驚くどころか、私は胸が高鳴りましたよ」

「狂ってる……」

「結構……。さあ、始めましょう！　胸躍る戦争を!!」

ボアボルドが手を振ると、横列を維持していた蜜蜂たちがルロイゼンに群がり始める。

兜を被り直し、ボアボルド自身もまた隊列に加わった。その口元には下品な笑みが浮かんでいる。

ルロイゼンには三つの城壁が並んでおり、ここを突破することは至難の業だ。だが、ヴァロウたちの方にも、重戦士部隊を止められる兵力がなかった。

そう、兵力は……。

「起動！」

ヴァロウの手の平の先に、魔法陣が浮かぶ。

それがヴァロウの膨大な魔力を増幅させた。その魔力に、ルロイゼンの象徴とも言える三つの城壁が反応すると、やがて大きな魔法陣が城壁に広がった。

ボアボルドは兜越しに、その神々しい光を確認する。

「まさか……。それは戦術級魔法!!」

【雷帝《らいてい》】、発射……。

瞬間、光が弾けた。

巨大な光の塊が重戦士部隊を包む。

ボアボルドは背を向け、兜を脱いで逃げた。

だが、その動きは光に対してあまりに緩慢すぎた。

「ぎゃああああああああああああ‼」

ボアボルドの穢《けが》れた悲鳴が響く。

だが、光はそれすらも飲み込んでいった。


まさに一瞬の出来事であった。

気が付けば、四〇〇の重戦士部隊が消滅し、えぐれた地面に影だけを残していた。

まだ魔法の影響があるらしく、雷鳴のような音があちこちから聞こえてくる。

「すごい……」

エスカリナはただ一言呟く。近くで見ていた兵士長も、呆然と惨状を見つめていた。

二人の脳裏によぎったのは、戦さが始まる前のヴァロウの言葉である。

『仮に人間が、敵意を持って我々を攻撃すると言うならば、魔族は容赦なくその人間たちを殺す。戦術によっては、相手に恐怖を与えるような戦いも必要になる。卑怯だとののしられるような戦法も、俺は躊躇《ちゅうちょ》なく使うだろう』

まさにその言葉通り、容赦のない攻撃をヴァロウは実践してみせたのである。

が、それ以上にエスカリナが気になったのは、何故ルロイゼン城塞都市にこんな戦術兵器があるかということだ。今の魔法は決してヴァロウ一人の力によるものではない。魔力の増幅器なしには出せない威力だった。

理由を聞くと、ヴァロウは顔をしかめることなく、淡々と答えた。

「ルロイゼン城塞都市には、いくつか魔族が残した魔導兵器が隠されている」

「魔導兵器？　あっ！　そう言えばお父様がそんなことを……」

「この【雷帝】も、隠された兵器の一つだ」

「まさかルロイゼンの三段城壁が、魔法の増幅器なんて……。でも、これが使える状態で、これまで放置されていたってことよね」

「この【雷帝】は魔族専用の魔導兵器だからな。人間では扱いが難しいのだ」

「それでも、その制御ができるのは、類《たぐ》い稀《まれ》な魔法の素質をお持ちのヴァロウ様以外にいませんわ」

【雷帝】は術者の魔力を増幅し、放出できる戦術兵器だ。人類を幾度となく苦しめ、ルロイゼン城塞都市を「難攻不落」と言わしめた要因の一つでもある。だが、巨大な魔力を放出できる兵器ゆえ、繊細で扱いが難しい。しかも、魔族の魔導兵器というのは、ヴァロウに言わせれば、作りが荒い。つまり使用者本人の素養も必要になるのである。

「ねぇ、ヴァロウ。その【雷帝】を使って、このルロイゼンに来た敵をすべて薙ぎ払うの？」

「どうした？　怖くなったか？」

「ちょっとね……。こう人が簡単に死ぬのを見ると……」

珍しくエスカリナは下を向く。いつも天真爛漫《てんしんらんまん》な貴族の娘が、この時ばかりは顔を曇らせていた。

ヴァロウは【雷帝】によって、形が変わった北の平原を見つめる。

「本当であれば、そうしたいところだが、生憎とこの兵器は連発ができない」

「え？」

「もう一度使うためには、専用の【交感機《こうかんき》】が必要になる。本国から取り寄せればいいだけの話だが、そこまで手が回るほど、魔族も暇ではないのだ」

「じゃあ、一回しか撃てないってこと？　それを今使ったの？」

「ああ……。他に方法がなかったからな」

「じゃあ、また攻めてきたら」

「安心しろ……。次の手はもうすでに考えてある」

「はあ……。ヴァロウは強いわね。わたしなら、とっくにギブアップしてるわ」

エスカリナはため息を吐く。下を向く彼女の頭に、随分と冷たい手が置かれた。ハッとなって顔を上げると、ヴァロウの顔がある。エスカリナの頬が朱《しゅ》に染まった。

「たくさんの人の死を前にして、怖じ気づかない人間などいない。もしいたとしたら、それは人間として壊れているだけだ」

「ヴァロウはどうなの？」

「俺はもうすでに魔族《ばけもの》だからな」

すると、ヴァロウはエスカリナの頭から手を離した。ザガスとメトラを伴って、城壁を降りていく。

ザガスは棍棒を軽く振り回しながら、不平を漏らした。

「魔導兵器ってのはどうもいけ好かねぇ。やっぱ戦争はガチンコじゃねぇと……」

「あの状況では最善よ。それとも重戦士の部隊に突っ込む方が良かった？」

「オレ様はそれでも良かったぜ」

「はあ……。あなたって相変わらず――」

「相変わらずなんだよ」

「馬鹿ってことよ」

「なんだと？」

「二人とも仲がいいのは良いことだが、それくらいにしろ」

ヒートアップするザガスとメトラを、ヴァロウが諫《いさ》める。

「仲良くなんかありません。勘違いしないでください。私はヴァロウ様一筋――」

「全くだ。こんなのと一緒にするな、ヴァロウ」

「まあいい。ところで、ザガス。そろそろ働いてもらうぞ」

「その言葉を待っていたんだよ、ヴァロウ。何をするんだ？」

「現状、ルロイゼンは防衛設備こそ完璧だが、籠城戦《ろうじょうせん》ができない。兵数が全く足りていないからだ」

「ご託はいい。何をするか命令しろよ」

「防衛ができないなら、答えは一つだ」

攻めるぞ……。我ら魔族の力を見せてやろう。

ボアボルドの重戦士部隊がどうやら壊滅したらしい。

どうやら、というのは一人も敗残兵が、帰ってこなかったからだ。ルロイゼンにある魔導兵器が使われたという未確認情報もある。おかげで、ボアボルドの兄であり、テーランの総督アラジフが確認した時には、ルロイゼン攻防戦から七日が経過していた。

弟を討たれ、大切な重戦士部隊の半数が壊滅し、アラジフは激昂《げっこう》する。

まず愚かな弟を唾棄《だき》し、そしてルロイゼンに巣くう悪魔どもを罵《ののし》った。

すぐに兵の支度をし、アラジフ自ら率いて、ルロイゼン城塞都市に向かう。

あと半日と迫ったところで、一旦アラジフは夜営《やえい》を行った。ここで休息を取り、万全の状態で決戦に挑むことを決断する。それ自体は悪いことではない。兵たちの体調を整えるのも、長として当然だろう。

問題は、ボアボルドと違って慎重なアラジフの行動を、ヴァロウが読んでいたということだった。


「さすがはヴァロウだな。夜営する場所までぴったり当てやがった」

テーラン軍の野営地を望める草葉の陰に隠れていたのは、ザガスだ。

「さて行くか、野郎共」

ザガスは棍棒を担ぎ、立ち上がる。

草葉に隠れていたのは、彼だけではない。二〇〇匹のスライムたちも蠢動《しゅんどう》した。

ザッと地を蹴り、ザガスは敵の野営地へと走り始める。

その大きな影に、見張りが気付いたが、声をあげようとしたその時、喉を射貫かれた。

野営地の反対側から矢を放ったのはメトラである。

次々に矢をつがえ、見張りを倒していく。

おかげでザガスは、何の抵抗もないまま陣地に忍び込むことができた。

「おらよ!!」

大きく棍棒を振り上げると、天幕の中で寝ていた兵士ごと吹き飛んでいった。

騒ぎの音を聞いて、兵士たちが寝具から飛び起きる。武装を探すような仕草をするが、どこにもない。まさか夜襲があるとは、考えていなかったらしい。

さらに現れたのは、鬼――ではなく、スライムだった。

たった今起きた兵士に襲いかかる。顔に飛びつくと、次々と敵兵の息を奪った。

スライムは無音で動ける。寝ている人間に襲いかかるなど、朝飯前だ。

次々と兵士を窒息死させていった。

騒ぎを聞き、アラジフも飛び起きた。

着の身着のままで天幕を出ると、ズタズタになった野営地を確認する。

「な、何事だ!?」

「て、敵襲!」

「敵襲だと!　まさか魔族どもが攻めてきたというのか」

「アラジフ様、いかがしましょうか?」

「て、撤退だ!　一時撤退しろ!!」

一旦アラジフは天幕に戻る。自分の鎧ではなく、持ってきたお気に入りの宝石をかき集めると、部下たちと一緒に北へと逃げ始めた。

「い、一体何が起こっているのだ。ここは人類の勢力圏だぞ。何故、こんなところに魔族がおる。

——はっ。まさかルロイゼンを占拠したという魔族どもか!?」

アラジフはつと歩みを止める。首を捻り、思考した。

(報告によれば、ルロイゼン城塞都市を占拠した魔族の兵力はわずかだ。ならば、逃げ出すよりも、ここで討ち果たす方が良いのではないか)

アラジフは早速、逃げてきた兵を再編した。武装ができた兵はわずかだが、向こうの戦力も少ないはずである。今、野営地に飛び込めば魔族どもを一網打尽にできると、アラジフはそう考えた。

「見ておれよ、悪魔ども。今、目にものを見せてくれる」

今、まさに兵を率いて野営地に戻ろうとした時、アラジフの前に影が現れた。

ゆらりと動くそのシルエットは、紛れもなくテーラン軍である。

「おお。まだ自軍が残っておったか。よし。貴様らも続け！　悪魔どもを成敗してくれるわ！」

アラジフの声が勇ましく響く。

しかし、返事がない。聞こえてくるのは、うめき声だけだ。

「怪我をしておるのか。動きがおぼつかないぞ」

アラジフは一抹の不安を覚えた――その時だった。

『ああああああああ!!』

奇声を上げながら、それは襲ってきた。

アラジフの兵たちに間違いない。だが、青い顔をし、目には生気はなかった。

背中や腕、あるいは腹から大量の血を流している。

「まさか！　アンデッドか!!」

生気のない兵たちは、次々とテーラン軍に襲いかかってきた。剣を振り回しながら、なんとか応戦したが、武器のない兵は次々とアンデッドに食い殺されていく。幸運にも武器を手にした兵も、多対一に追い込まれ、その肉を噛みちぎられていった。

戦場が地獄絵図に変わるのに、さほど時間を要さなかった。

聞こえてくるのは、剣戟《けんげき》の音などではない。人が人を食う不気味な音だ。いくら元傭兵とて、その惨劇に身を竦めずにはいられない。足を止めれば、アンデッドたちの思うつぼだ。雪だるま式に被害が増えていった。

一方、アラジフは何とかアンデッドたちを突破する。

森の中を死にものぐるいで走っていると、そこにまた影が現れた。

自分よりも背の低い——まだ青年と言ってもよい——あどけなさが残る顔立ち。

その頭には、山羊のように巻いた角があった。

「人鬼族《ワーオーガ》か」

「君主が兵を見捨てて逃亡か……」

人鬼族《ワーオーガ》はやれやれと首を振った。

その言葉に、アラジフは激昂すると、剣をかざし、人鬼族《ワーオーガ》に襲いかかった。

対して人鬼族《ワーオーガ》は手をかざし、魔力を集束させる。直後、闇の中で紅蓮の光が閃いた。

「終わりだ」

炎が嵐のように巻き起こると、一瞬にしてアラジフを包んだ。

悲鳴すら飲み込まれ、肉と骨、あるいは血が炎の中に溶けていく。

やがてテーラン城塞都市総督アラジフは消滅したのだった。


パチパチと音を立てて、炎が燻《くすぶ》っていた。

ヴァロウの前にあるのは、焼き払われた森と、テーラン城塞都市の総督アラジフの影だけだった。

死者に対する弔いの言葉はなく、ただヘーゼル色の瞳が冷たい光を湛《たた》えている。

背を向け、ヴァロウが戦場の中心に戻った時には、アンデッドたちが敵兵を全滅させていた。

アンデッドたちは兵の死体にすら噛み付いていた。すると、あろうことか死体はゆっくりと起き上がる。その兵の遺体も、アンデッドとなった。

これは先日、魔王軍第一師団長ドラゴラン（正確に記するなら第三師団シドニムだが）から貸与された【死霊を喚ぶ杖《アンデッド・スティンガー》】の力である。

人間の肉体はおろか、古い人骨や地縛霊などからアンデッドを生成することができる宝具だ。

最初のアンデッドたちも、ルロイゼン近くの古戦場に残っていた骨を使って、ヴァロウによって生み出された。使い方はさほど難しくないが、大量の魔力が必要になる。だが、ヴァロウの魔力は副官の中でも一、二を争うほど、強大だ。たちまち四百匹のアンデッドを生み出すことに成功していた。

「むっ……」

ヴァロウは立ちくらみする。倒れそうになるのをなんとか堪《こら》えた。

「うむ。予想以上に魔力を消費するな。多用は禁物か」

しかし、その甲斐はあった。アンデッドは非常に便利な魔物である。

まず維持費がかからない。つまり食糧を必要としないのだ。スライムですら、定期的に栄養を補給しないと消滅してしまう。その点、アンデッドは強力な聖属性魔法を浴びない限り死ぬことはない。

さらに矢や槍といった刺突攻撃に強い。反面打撃には弱いのだが、人類側の歩兵のほとんどが槍を武器としている。対歩兵戦術において、アンデッドはとても有効な手段なのだ。

陽の当たる場所では動きが鈍くなったりするなど、デメリットもあるが、今の状況から考えれば、心強い援軍だった。

「誰だ？」

かすかだが、物音が聞こえた。

すると茂みの向こうが動く。現れたのは、ヴァロウよりも小さなゴブリンだった。

それも一匹ではない。ざっと五十匹はいるだろう。

武装を纏い、森の闇の中でぎょろりと開いた目を光らせていた。

近付いてくると、ゴブリンたちはヴァロウの前で膝を折る。従属する姿勢を見せた。

「大要塞同盟に、これほどのゴブリンが残っているとはな」

人類の勢力圏では、今も大規模な魔物狩りが行われている。最初こそ魔族側の戦力を削ぐためではあったが、現在では戦意を昂揚《こうよう》させるためのパフォーマンスの一貫として行われていた。魔物同士を戦わせるショーなどもあると、ヴァロウは聞いている。

昔、魔物は畏怖の象徴だった。しかし、今では人類の快楽を満たすための玩具《おもちゃ》でしかない。特にゴブリンはスライムに次いで弱い魔物である。ヴァロウが感心するのも無理からぬことだった。

「マゾク　サマ。オレタチ　マゾク　サマ　ノ　モトデ　ハタラク。イイ？」

「俺たちの師団に加わると言うのか？」

ゴブリンたちが頷くと、ヴァロウは顎に手を当てた。

ゴブリンは戦力としては弱いが、意外に手先が器用な種族だ。おそらく纏っている武具も、自作だろう。城塞の簡単な修復であれば、教え込めばできるかもしれない。

ただスライムと違ってなまじ賢く、人類に対する憎悪は強いはずである。

「俺は今、ルロイゼン城塞都市を拠点として動いている。そこには人間もいて、共同生活をしている。時に、人間と手を組み、戦うこともある。お前たちは、それを容認できるか？」

少々難しいが、それ以外に説明しようがない。受け入れないなら、ヴァロウも拒否するだけだ。

ゴブリンたちはしばらく互いに相談した後、うんと頷いた。

「イイ。シタガウ。オレタチ　アンシン　デキル　バショ　ホシイ」

「なるほど。すでに争うことにお前たちは疲れているんだな」

ゴブリンはまた一斉に頷いた。

「わかった。お前たちを第六師団に迎え入れる。俺の名前はヴァロウ。第六師団師団長にして、魔王様の副官だ」

「フクカン」

「マオウ　サマ」

「スゴイ」

「オレタチ　ヴァロウ　サマ　ニ　ツイテイク」

副官たるヴァロウの下で働くのが嬉しいらしい。

ゴブリンたちは手を叩き、あるいは地面を踏み鳴らして喜んだ。

「俺たちはこの後、北上する。早速、働いてもらうぞ。いいな」

ゴブリンたちは三度《みたび》頷く。

こうしてゴブリンたちが、第六師団に加わるのだった。

ヴァロウはアンデッドとゴブリンたちを連れ、テーラン軍の野営地へと戻る。

こちらの戦闘も終わっていた。

「ヴァロウ様、ご無事ですか？」

メトラは心配そうにヴァロウの方へ近づいてきた。

「問題ない」

「そのゴブリンたちは？」

「森の中に潜んでいた。第六師団に加わってくれるらしい」

「かかっ！　なかなか頼もしい援軍じゃゃねぇか？」

ザガスがゴブリンたちを見下ろすと、侮るように口角を上げた。

「状況は？」

「テーラン軍は全滅させました。いつでもアンデッド化が可能です」

ヴァロウは【死霊を喚ぶ杖《アンデッド・スティンガー》】を振って、アンデッドたちに合図を送る。アンデッドたちは、地面に転がっている死体に群がった。

再び死体がアンデッドに生まれ変わる。三人の魔族と、二百匹のスライムしかいなかった第六師団に、およそ五百匹のアンデッドが加わった。

「おそろしい宝具ですね」

「ああ……」

アンデッドに噛まれる敵の死体を見ながら、メトラはキュッと胸の前で手を組む。ヴァロウは無表情のまま遺体がアンデッドになる光景を見つめていた。少し感傷に浸る元人間たちの横で、実に魔族らしく振る舞ったのはザガスである。棍棒を肩に担ぎ、唾棄した。

「歯ごたえのねぇヤツらだったぜ！　重戦士部隊と聞いて、ちょっと楽しみにしていたのによ」

「ここは前線から離れているからな。兵の練度も経験値も低いのだろう」

「いつになったら、ひりつくような戦場に出会えるんだ、オレ様は？」

「慌てるな、ザガス。次は大物を狙う。存分に働いてもらうぞ」

「今度は信じていいんだろうな？　今回みたいな雑兵に毛が生えた程度じゃオレ様は満足しねぇぞ」

「楽しみにしておけ」

「ヴァロウ様、この後いかがされますか？」

「このまま一気にテーラン城塞都市へ向かう。主力部隊は潰した。大した戦力も残っていないはずだ」

「しかし、テーランには八〇〇〇人の市民がいます。武装はしていなくても、その数は脅威ですよ？」

「そのことについては心配していない」

「何かお考えがあるのですね？」

「ああ。実は――」

ヴァロウが答える前に、森の茂みが動いた。残存兵かと警戒したが、現れたのは、スライムだ。

ヴァロウはいつも通りコミュニケーションを図る。やがて「よくやった」とスライムを讃え、干し肉を三枚も渡した。そこに他のスライムたちが群がってくる。美味しそうに干し肉を溶かしていく仲間のスライムを羨ましそうに見つめていた。

戦場にあって、何かホッと癒してくれるスライムたちを見ながら、メトラは尋ねる。

「ヴァロウ様、そのスライムは？」

「テーランに潜入させていたスライムだ」

「テーランに!?　いや、そもそもスライムに諜報活動させていたのですか？」

「何を言う。スライムは優秀な諜報員だぞ」

スライムといえば無音移動だが、他にも優秀な部分がある。

それは「疲れる」という感覚がないことだ。

動きこそ鈍いが、一昼夜ぶっ続けで動くことができる。定期的なエネルギー補給が必要だが、時間をかければ、各都市の情報を持ち帰ることも難しくはなかった。

そのスライムからテーランの状況を聞いたヴァロウは牙を剥き出し笑う。

「やはりな……」

「いかがなさいました？　テーランで何か？」

「ああ。別に大したことではない。ただ――」

すべては俺の手の平の上だ……。

ヴァロウたちはさらに北上した。

あらかじめ用意しておいた二台の荷馬車を引き、テーラン城塞都市を目指す。藁《わら》いっぱいの荷台の中には、ゴブリンとスライムがひしめき、スライムの鳴き声やゴブリンが喉を鳴らす音が、時折聞こえてくる。賑《にぎ》やかな道中だった。

夜通し進み、昼にさしかかる頃、テーラン城塞都市の方から荷馬車を引いた商人たちがやってくる。凄まじい勢いでヴァロウたちの馬車の横を駆け抜けていった。着の身着のままといった恰好で、随分と慌てた様子である。

「なんだ、何かあったのか？」

ザガスは欠伸をしながら、商人たちを見送る。とても今から商談に行くという雰囲気ではなかった。

「ヴァロウ様！」

御者台の上でメトラは立ち上がると、進行方向を指差した。

現れたのは、テーランの城壁ではない。

黒煙だ。それも一つだけではなく、何本も立ち上っている。

徐々にテーランに近付くと、やはり煙はテーランの城塞内部から上がっていた。

「なんだ？　戦争でもおっぱじめてるのか？」

ザガスはにやりと牙を剥きだす。

その推理は単なるザガスの願望ではあったのだが、あながち間違いではなかった。

正確な答えを導き出したのは、メトラである。

「まさか内乱ですか、ヴァロウ様」

「総督と副総督が出ていき、兵の大半がいなくなったのだ。決起するにはいいタイミングだろうな」

「ヴァロウ、てめぇ……。テーランにレジスタンスがいることを知っていたな」

「テーランはルロイゼンと違って豊かだが、貧富の差が激しい。特に総督と街道を牛耳る商人とは、癒着関係にあることは予想が付いていた。通行税が他の都市と比べて、三割も安い。経済の促進のためと言っても、これは安すぎる。その帳尻《ちょうじり》を合わせていたのが、中間層から貧困層に対する重税だ。そんな体制ではいつ内乱が起きてもおかしくはない」

「難しいことはわからねぇが、つまりはあれだろ？　侵入するなら、今ってことだ」

「その通りだ。ザガス、角と牙を隠せ。このまま突っ込むぞ」

「はっ！　おもしれぇ！」

ザガスはニヤリと笑い、ヴァロウの指示に従った。

人鬼族《ワーオーガ》はその角と牙を体内に収めることができる。それ故に見た目には人にしか見えなかった。

ヴァロウもまた角と牙を引っ込め、馬に鞭をくれる。

二台の荷馬車は開け放たれた城門に滑り込んだ。

ヴァロウの読みはすべて当たっていた。

レジスタンスを中心に、テーラン城塞都市の市民たちは総督府に雪崩れ込んでいたのだ。

投石と松明を投げ、守備隊を押し込もうとしている。すでに多くの死傷者を出していた。

「おらあああああああああああ!!」

裂帛の気合いが総督府正面玄関に響き渡ると、一気に数十人の人が吹き飛ばされた。

たちまち正面玄関を取り囲んだ民衆の顔が青くなる。

人垣の向こうに現れたのは、巨漢の戦士であった。

分厚い城壁すら砕けそうな大金鎚を軽々と持ち上げ、「絶景。絶景」とばかりに目の上に手でひさしを作って、青ざめた民衆を眺める。

彼の名前はゲラドヴァ。テーラン城塞都市総督アラジフの息子で、総督府守備隊の隊長である。

「どうした、ゴミども……!! さっきまでの威勢はどこへいったんだ、ああん!?」

厚い胸板を反り、民衆たちを威嚇《いかく》する。

突然の決起に戸惑っていた守備隊も、ゲラドヴァの登場で落ち着きを取り戻しはじめていた。隊列を整え、民衆に向かって槍を構える。

守備隊の人数は一〇〇名にも及ばない。対して決起には、人口全体の約三割にも及ぶ二五〇〇人ほどの人間が参加していた。数の上で有利なのは、民衆の方だ。それはわかっていても、武器を手にした兵士に突っ込んでいくのは、勇気がいる。

「オラ! どうした、かかってこいよ、腰抜けどもが!!」

ゲラドヴァはしゃくれた顎を突き出し、挑発する。

すると、小さな石がその顎の横を掠めた。些細なダメージであったが、ゲラドヴァの顔色が変わる。

ギョロリと大きな目玉を動かし、視界に捉えたのは小さな少年だった。

ゲラドヴァの迫力は、大人でも震え上がるほどなのに、少年はまた小石を投げる。今度はゲラドヴァの眉間にヒットした。

「母ちゃんを返せ‼」

少年は顔を真っ赤にしながら抗議の声を上げる。守備隊はおろか、集まった民衆も呆気に取られていた。二〇〇〇人以上が集まる集団の中で、その少年がもっとも勇敢だったのだ。

ゲラドヴァは「にへぇ」と黄ばんだ歯を見せる。

「坊主、おめぇ……なかなかの勇者だな。才能あると思うぜ？」

近づいてくるゲラドヴァの巨体が、少年の瞳に大きく映り込む。

少年はたちまちすくみ上がり、ぺたりと地面に小さな尻をつけた。

「オレに石を投げつけるたぁ、いい度胸だ。で、お前の母ちゃんがどうしたって？」

「か、母ちゃんは病気で……。く、薬も買えなくて……」

「そうかい？　死んじまったってことか？」

少年はしゃくり上げながら、何度も首を振る。その首に下げていた小さな木の像を握った。それは聖霊《せいれい》ラヌビスの像だ。古くから崇《あが》められている神の一体である。

「そうか。そいつは残念だったな。じゃあよ。母ちゃんの元に連れてってやるよ、オレが」

「え？」

「天国か地獄か。知らねぇけどな!!」

ゲラドヴァは大金槌を振り上げると、少年の脳天を目がけて、振り下ろした。

「ひゃあああああああ!!」

大金槌が地面を割る音とゲラドヴァの奇声が重なった。

その膂力《りょりょく》は凄まじく、たった一振りで地面に大穴を開ける。だが、そこに少年の姿はなかった。

「ありゃ？　痕跡もねぇほど、ぶっつぶしちまったか？　ひゃはははははは！」

大金鎚を掲げ、下品な笑声をまき散らす。直後、ゲラドヴァは気配に気付き、慌てて振り返った。

先ほどの少年が、青年に抱きかかえられていた。

黒髪に、如何にも生意気そうなへーゼルの瞳が、ゲラドヴァの方を向いて威嚇している。

「てめぇ、何者だ!?」

「別に何者だっていいだろ？」

その声は正面からだった。ゲラドヴァと同じ大柄の男が、肩を回しながら近付いてくる。歯をむき出し、嬉々としてゲラドヴァの前に立ちはだかった。

一度針金のように硬そうな赤髪を掻き上げ、首を回す。

準備完了とばかりにゲラドヴァに向かって手を伸ばした。

「はっ！　オレと力比べをしようって言うのか？　誰だか知らんが、身の程知らずだな」

「ご託はいい。好きなんだろ、こういうの？　わかるぜ」

「はっ！　確かに悪くはない」

ゲラドヴァは慎重に男の手に、自分の手を合わせる。

力には自信があった。子どもの頃から負けたことがない。

自分より大きな体躯の強者を、何度もねじ伏せてきた。

力は絶対だ。力こそ己なのだ。

揺るがぬ自信を胸に、ゲラドヴァは男と手を組む。

瞬間、力を限界まで絞り出した。一気に押し込み、相手の腕と腰、そして自信を砕こうと企む。

「な、なんだ……」

しかし、まるで動いていない。巨大な岩石を相手にしているかのように、ビクともしなかった。

ゲラドヴァはさらに力を込める。こめかみに血管を浮き上がらせ、顔を熱した鉄のように赤くした。

それでも、相手の優位は変わらない。

その時、ゲラドヴァは男の顔を見た。

弱者をいたぶるかのように笑っているのかと思えば、そうではない。

男は実につまらなそうな顔をしていた。

婦人のスカートを摘んでいる方がよっぽど面白い――とでも言うように、「つまらん」という言葉が表情に出ていた。

「お前、それで全力のつもりか？」

「う、うるさい！　ここからだ！　ここから逆転してみせる」

ゲラドヴァは渾身の力を込める。いや、とっくの昔に精一杯の力を込めていた。それでも跳ね返される。むしろ徐々に押し込まれ、ゲラドヴァの巨躯《きょく》が後ろへ反り返り始めた。その姿はまさにゲラドヴァが、男にさせようとしていた体勢であった。

骨が悲鳴を上げる。

視線はもう空ではなく、はっきりと後ろを向いていた。ゲラドヴァを覆うような姿勢で男は押し込んでくる。まるで目の前の男にゲラドヴァが食われているかのようだった。

ようやくその段になって、ゲラドヴァは声を張り上げる。目には涙が浮かんでいた。

「や、やめ――――」

ごきぃッ！

そのおぞましい音に、周囲の人間たちは目をつむった。

背骨が折れたのだ。そのままゲラドヴァは布団のように折り畳まれ、頭頂が地面についた状態で意識を失っていた。白目を向き、そこから涙に混じって、赤い鮮血が垂れる。

赤髪の男はようやく手を離した。

「つまんね」

真っ二つに折れたゲラドヴァに唾を吐いた。

瞬間、守備隊に動揺が走る。

「ゲラドヴァ様がやられた！」

「あのゲラドヴァ様が」

「くそ！　ゲラドヴァ様の仇を討つのだ!!」

守備兵たちは槍を構え、赤髪の男――ザガスに襲いかかった。

刹那《せつな》、突風が渦を巻く。半数以上の兵が巻き込まれ、吹き飛ばされると、皆が気を失った。

二五〇〇人の民衆をおののかせた守備隊が、一瞬にしてなぎ払われる。

「すごい……」

「一撃で」

「一体、何者だ！」

震え上がる残兵たちの前に現れたのは、ヴァロウだった。

圧倒的な魔力量を見せつけ、守備兵たちの心を折ることに成功する。

指揮官の仇を取ろうとしていた真面目な兵たちは、槍を放り投げ、降伏の意思を示した。

その瞬間、わっと沸いたのは、総督府の正面に集まった民衆だ。

戦争に勝利した若い兵士のように声をあげ、抱き合い、そして涙した。

ゲラドヴァと守備兵を一蹴したザガスとヴァロウを取り囲む。二人は憮然《ぶぜん》とした表情であった。ザガスなどは、気安く自分の肌に触れてきた民衆たちに対し声を上げて、追い払う。

どういう風に反応していいのか、ヴァロウもザガスもわからなかったのだ。

「ありがとう、君たち」

穏やかな声とともに、ヴァロウとザガスの前に進み出てきたのは若い男だった。

ロアリィと名乗り、レジスタンスのリーダーであると明かすと、ヴァロウたちに握手を求める。

ヴァロウは無難に応じ、その感謝の言葉を受けた。

「ゲラドヴァは化け物みたいな強さだった。君たちがいなかったらと思うと、ぞっとするよ」

「その化け物を倒したオレ様は、さらに化け物ってわけだ」

ザガスはニッと歯を見せて笑う。人鬼の姿になる前なので、牙は生えていない。

その言葉は意味深長であったが、ロアリィは気にしなかった。

「この際、化け物だって歓迎さ。できれば、もう少し協力してくれないか。おそらく総督府の中にも、守備隊は残っているはずだ」

「いいだろう」

ヴァロウたちは民衆たちとともに、総督府へ雪崩れ込む。

ロアリィの指摘通り、守備隊が待ち構えていた。

「へっ!!」

ザガスが棍棒で一閃すると、たちまち二十人弱の兵士が吹き飛ばされる。

一方、ヴァロウは氷の魔法を放つ。無数の飛礫《つぶて》が兵たちに襲いかかると、一瞬で氷漬けにした。

息を吐かせる間もなく、ザガスとヴァロウは守備隊を無力化してしまう。

「一瞬で！」

「まさに鬼神のごとき活躍だな……」

「彼らは何者なんだ」

「いいじゃないか、何者でも……。私たちの味方になってくれているのは確かだ」

ロアリィは先を行く二人に付いていく。

今、ヴァロウとザガスを止められるものなどいない。

ただ守備兵たちはその花道を作ることしかできなかった。

「か、金なら出す！　わ、私だけでも見逃してくれ！」

「ちょっと！　あなた！　わたくしたち家族はどうするんですか!?」

「うるさい！　家族よりも、自分の命だ！　な？　な？　頼む！」

金貨が入った袋を差し出したのは、総督府の役人や避難してきたその家族である。

よほど甘い蜜を吸っていたらしく、どれも豚のように肥え太っていた。

「ザガス……」

「ええ……。オレ様かよ」

「手加減はしてやれ」

「チッ！　――ってわけで、お前ら……。歯ぁ食いしばれや」

ザガスは腕を振り上げると、暴力的な音が総督府の居室の中に響き渡る。

同時に悲しい豚の悲鳴も聞こえてくるのだった。


守備兵たちを蹴散らし、アラジフに胡麻《ごま》を擂《す》っていた役人たち、その家族や親類たちを捕縛した。

総督府の屋根に掲げられていたテーラン総督府の旗が燃やされると、民衆から大歓声が巻き起こる。

こうしてテーランの民衆たちは、汚職まみれの総督府を打倒することに成功したのだ。

今後について不安はあるが、ロアリィには考えがあった。そのための準備はすでに済んでおり、後はどのようにして中央と交渉を進め、テーラン城塞都市の自治を認めてもらうかというだけだった。

しかし、ここに来て彼らにも誤算が生まれる。

「これはどういうことだ?」

ロアリィの声が、がらんどうとなった空間に響く。

彼がいる場所は、テーラン城塞都市の食料庫だ。飢饉などに対応するため、小麦粉や干し肉などが備蓄されているはずなのだが、そのすべてがなくなっていた。

「まさか……。アラジフたちが全部食べてしまったんじゃないのか、ロアリィ?」

「そんなことはないはずだ。総督府に勤めている仲間の情報では、二ヶ月分の備蓄があると……」

「だけど、ないじゃないか!? どうするんだよ!」

今回の騒ぎでアラジフの息がかかった商人たちは、すべて逃げ出してしまった。

残っている商人もいるが、無政府状態となった今では、通商手形が無効となり、各都市との交易ができない状態にある。

つまり、当面ロアリィたちの元に食糧が入ってこないということだ。

テーラン城塞都市の主産業は交易であるため、食糧自給率は他の都市と比べて低い。

水は地下水をくみ上げれば済むが、食糧については他都市から供給してもらうしかなかった。

「支援者にお願いするしかない」

「大丈夫なのか?」

「ああ……。あの方ならば、きっと我らの願いを聞き届けてくれるはずだ」

自信満々に言い切ると、ロアリィは後ろを振り返った。

「ところで、あの二人の姿が見えないのだが……」

「あの二人？　ああ、守備隊を倒した」

「そうだ。一体どこへ行ったのだろうか。ちゃんとお礼をしたかったのだが」

「彼らはおれたちの同志だ。そのうち会えるさ」

「そうだな」

そう言って、ロアリィは空の倉庫を後にするのだった。

✠

総督府に掲げられた旗が燃えるのを、ヴァロウは小高い丘から見つめていた。

その後ろには、メトラとザガスが控え、さらにスライムとゴブリンたちが小麦粉や干し肉が入った樽を抱えている。

それらはすべてテーランの食料庫から奪取したものだった。

「このままテーランを放置してよろしいのですか、ヴァロウ様」

メトラはこう言いたいのだ。

恩を売った今、テーランもまたルロイゼンのように占領するべきだと。

しかし、ヴァロウはその選択をしなかった。それがメトラには不思議でならなかったのである。

「残念だが、今の俺たちの戦力では、二都市を占拠することは難しい。そもそもテーランに興味がない」

「どういうことですか？」

メトラが怪訝な顔を浮かべても、ヴァロウはそれ以上何も言わなかった。

一方、別の意味で納得していないのが、ザガスだ。

「おい、ヴァロウ。あんなしょうもない相手が、お前がいう大物だとか言わないよな」

「相手としては不足か？」

「当たり前だろ。腹の足しにもならねぇよ」

ザガスは不満げな顔で、自分の腹をさすった。

「心配するな。あれは違う。もっと大物がテーランにもうすぐやってくるはずだ」

「一体何者ですか、ヴァロウ様？」

薄く笑ったヴァロウの表情は、いつもより酷薄《こくはく》でいて、珍しく昂揚しているようにも見えた。

「魔族の大敵――」

勇者だよ。

Episode. 04

Vallow of Rebellion

Jyokyukizoku ni Bousatsu Sareta Gunshi ha Maou no Fukukan ni Tensei shi, Fukushu wo Chikau

勇者。

それを明確に定義する説明はない。

武功を立てたもの。

困難を乗り越えたもの。

単純に人気者。

十人十色――様々な理由で、勇者は「勇者」と呼ばれるようになる。

だが、魔族と人類が長い間争っている中で、「勇者」と呼ばれる人間に共通しているのは、まるで突然変異のように強大な力を持って生まれるということだ。

ステバノス・マシュ・エフゲスキもまた、その一人だった。

現在三十七歳のステバノスは、元勇者である。

現役を引退した後は、大要塞同盟を組む六つの都市の一つ――ゴドーゼンの領主になっていた。

そのステバノスは、自領の約半分の人口しかないテーランに入領《にゅうりょう》する。

熱狂的に迎えられたステバノスは、甘い笑みを沿道の民衆たちに振りまいた。

飢えで死にそうになっていた女たちだったが、その甘いマスクにたちまち色気づく。

やがて彼の前に、レジスタンスのリーダーであるロアリィが進み出た。

「お待ちしておりました、ステバノス様」

ロアリィが頭を下げると、ステバノスは下馬した。

頭を垂れるロアリィをそっと優しく抱くと、周りの女たちから悲鳴が上がる。ロアリィは「な、なにを？」と戸惑ったが、ステバノスはなかなか離れようとせず、ただそっと耳元で囁いた。

「頑張ったね、君たち。もう大丈夫だ。『風の勇者』が風の速さで助けに来たよ」

「す、ステバノス様……」

ロアリィは涙を滲《にじ》ませた。

レジスタンスのリーダーであるロアリィの頭を、ステバノスはポンポンと叩く。

やがて連れてきた自軍に振り返った。

「全員下馬せよ！　早速、テーランの民衆に食糧を届けるのだ。女子供を最優先とする。かかれ!!」

ゴドーゼンから連れてきた兵士たちはすぐに動き始めた。

統率が取れており、かつ整然としている。その手際の良さに、ロアリィ以下テーランの民衆たちは、ただただ呆然と見ていることしかできなかった。

「もう安心だ。あとは、この元勇者ステバノスに任せてくれたまえ」

高らかに宣言した途端、再び大きな声援が上がった。

ステバノスたちが入城するまでの七日間。

地獄を見たテーランの民衆は、一気に舞い上がるのだった。

✣

「『風の勇者』ステバノス様ですか……」

やや感慨深げに呟いたのは、メトラだった。

小さな焚き火の向こうには、ヴァロウがいる。その背後ではザガスが大鼾《おおいびき》を掻いて寝ていた。他の魔物たちは周囲に散らばって、辺りを警戒している。特にゴブリンは基本的に穴蔵で生活しているため、夜目《よめ》が利き、活動期も夜なので、夜番にはもってこいなのだ。

ヴァロウがいるのは、テーランから少し離れた森の中である。

時間は夜。深い闇の中で、小さな火がふんわりとメトラとヴァロウを包んでいた。

「引退した勇者とはいえ、少々厄介な相手ではありませんか、ヴァロウ様」

ステバノスは強い。

確かに、これまで名を馳《は》せてきた勇者と比べれば、その功績は見劣りするが、勇者という肩書きは伊達ではない。特に広範囲における殲滅戦《せんめつせん》を得意としており、数多くの魔族が彼の能力の前に屈した。

だが、その反面突破力がなく、また一対一ならヴァロウとザガスでもなんとかなる相手だった。

しかし、ゴドーゼン城塞都市からステバノスが引き連れてきた部隊も相手をしなければならない。

今の戦力で真っ正面からぶつかるのは厳しいだろうと、メトラは考えていた。

元王女のメトラは勇者の力をよく知っている。それはヴァロウも同じはずなのだが……。

「問題ない。おそらく勇者は直《じき》に自滅するだろう」

「自滅？　どういうことですか？」

ヴァロウの予言にメトラは眉を顰《ひそ》めた。

すると、茂みの向こうが揺れる。メトラは腰を回して構えたが、現れたのはゴブリンであった。

ヴァロウに対して一礼すると、ゴブリンは告げる。

「キタ」

「わかった」

ただそう言って、ヴァロウは立ち上がる。側で寝ていたザガスの頭を足の爪先で小突いた。

「ん？　ああ？　なんだよ、ヴァロウ」

「起きろ、ザガス。お前の大好きな戦争の時間だ」

「なんだ？　また夜襲をかけるのかよ。歯ごたえがねぇヤツと戦うのは、もうごめんだぜ」

「それは否定しない。だが、心配するな。いずれ勇者と戦わせてやる。良質な果実酒を作るためには、熟成させる時間が必要だ。それと同じことだと思えばいい」

「チッ！　仕方ねぇなあ」

ザガスは起き上がり、棍棒を担《かつ》ぎ上げた。

「行くぞ」

ヴァロウは走り出す。その後に、メトラ、ザガス、スライム、ゴブリンが続いた。

深い夜の森の中で、魔王軍第六師団は蠢動《しゅんどう》する。しばらくして崖の上に出た。眼下にはゴドーゼンからテーランに続く街道が続いている。

その街道を人間の兵士たちが列を成し、行軍していた。

荷馬車を引き、松明《たいまつ》で辺りを照らしながら、街道をテーランの方面へ向かって進んでいる。

「ヴァロウ、ありゃなんだ？」

「ゴドーゼンから食糧を運んできた部隊だ」

「なんだ？　敵の食糧を奪うってか？」

「奪わなくていい。火をつけて燃やすだけだ」

「敵の補給線を断つのですね、ヴァロウ様」

「そんなところだ」

「なんだかよくわかんねぇが、暴れていいってことだよな」

「存分にな……。あと二人ともスライムを履《は》け。なるべく痕跡は残したくない」

「かしこまりました。ヴァロウ様、ゴブリンにも履かせますか？」

「ゴブリンにはいい。ステバノスにゴブリンに襲われたと思わせるためだ」

ヴァロウの言うとおりスライムを足に履き、準備をするとザガスは棍棒を担ぐ。

メトラとゴブリンの部隊も、弓を引いた。ヴァロウが合図すると、矢の先に油を付け、火を灯す。

ちょうど部隊の中間が目の前に来た時、ヴァロウは叫んだ。

「放て!!」

メトラとゴブリンたちは、火矢を放つ。メトラはともかく、ゴブリンたちの命中精度は低い。

それでも見事、敵の荷馬車に火をつけることに成功した。

「な、なんだ!?」

「ひ、火だ！」

悲鳴を上げたのは、ゴドーゼン軍である。

消火をしようとするが、すでに遅い。さらに荷台を引いていた馬まで立ち上がり、暴走する。火車になって、あろうことか兵士たちを追いかけ回し始めた。

「よし！　かかれ!!」

「待ってました!!」

ヴァロウの合図に、ザガスが飛び出した。スライムとともに一斉に崖から飛び降りる。混乱を極めるゴドーゼン軍の前に踊り出た。

炎をバックに笑う人鬼を見て、兵たちはたちまちすくみ上がる。

「おらあああああああああああ!!」

ザガスは棍棒を振り回した。一振りで十人の兵たちを吹き飛ばす。

崖から突き落とされた兵たちは悲鳴をあげながら、谷底へ消えて行った。

「ちっ！　やっぱり歯応えがねぇ!!」

唾棄《だき》しながらも、ザガスは楽しそうだった。

小さな戦場を駆けめぐり、人間を見つけてはその膂力でもって吹き飛ばす。

スライムたちも奮戦していた。浮き足立つ兵たちに襲いかかり、その気道を塞《ふさ》ぐ。一匹や二匹ぐらいなら、兵たちも対処しようがあっただろうが、スライムたちは必ず兵士一人に対して最低五匹以上で挑み、襲いかかった。

これはヴァロウが猛特訓を課し、身につけさせた習性である。

戦闘は短時間に終わった。補給部隊であったためか、さほど兵を配置してなかったらしい。それにここは内地――つまりは人類の勢力圏だ。野盗ならともかく、まさか魔族に襲われるとは、全く考慮に入れていなかったのだろう。ヴァロウが知るセオリーよりも、兵数が少なかった。

ヴァロウたちの方に被害はない。

多少スライムが火傷した程度で、ほぼ無傷の勝利であった。

「なんだって？　補給部隊が全滅？」

ヴァロウたちが補給部隊を襲った次の日に、その知らせはステバノスのもとに届いた。

いつも涼しげなステバノスの表情が曇る。珍しく爪を噛んだ。彼がこんな顔をするのも事情がある。

テーラン城塞都市の食糧事情は、ステバノスが考えていた以上に深刻だった。このままでは民衆を飢え死にさせてしまうだろう。レジスタンスに請《こ》われ、はるばるテーランまでやって来た意味がない。

テーラン代表となったロアリィの嘆願《たんがん》もあって、ステバノスは早々にゴドーゼン城塞都市から追加の食糧を送るように命じたが、今日の朝には届くはずの物資が、昼になっても届かない。ステバノスは早速、調査を命じると、街道沿いで補給部隊が全滅していたのが発見された。

「なんてことだ……」

その報告を聞き、ロアリィはがっくりと項垂れる。その彼を、ステバノスはなだめた。

「大丈夫だよ、ロアリィ。食糧がないなら、また送らせればいいんだ」

「よ、よろしいのですか、ステバノス様。大事な食糧を。それに、また食糧が奪われる可能性だって」

「犯人の目星が付いている。おそらく野良ゴブリンだ。部下の報告では、数十匹のゴブリンの足跡があったそうだよ。警備の数を増やせば問題ない」

「しかし、最近ここら辺で魔族が出るという話だって」

「ここは同盟領だよ。一体どこに魔族がいると言うんだい？　心配しなくていい。テーランとゴドーゼンは同盟都市で、兄弟みたいなものだ。弟が困っている時に、手を差し伸べない兄はいないよ」

「ありがとうございます、ステバノス様」

ロアリィはステバノスの両手をがっしり握りしめると、涙した。

「ロアリィおじさん、大丈夫？」

泣いているロアリィを心配そうに見つめたのは、一人の少年だった。

「この子は誰だい、ロアリィ？」

「前にお話しした少年です。ゲラドヴァに石を投げつけた……」

「ああ！　あの勇敢な少年か」

「アラジフ政権の時に母親を亡くしたらしく、身寄りがないそうなので、私が預かることにしました」

「そうか。大変だったね。お名前は？」

「げ、ゲリィだよ」

ステバノスはゲリィの頭を撫でる。その目は恍惚《こうこつ》として、少年と言うよりは、ゲリィの内臓の色をのぞき見ているような——そんな遠い目をしていた。

するとステバノスはゲリィの首から下げているものに気付く。

それは聖霊ラヌビスが掘られた小さな像だった。

「よくできているね。君が作ったのかい？」

「ううん！　母ちゃんが……」

「そうかい。君の母上の形見なんだね」

ステバノスが尋ねると、ゲリィは大きく頷いた。

「かわいいねぇ……。どうかな、ロアリィ。この勇者《ゲリィ》を僕の宿営地に招待したいのだけど」

「よろしいのですか？　お忙しそうなのに」

「これでも僕は子ども好きなんだ？　いいかな？」

その誘いに、ゲリィの心は躍った。ステバノスは引退したとはいえ、元勇者だ。勇者は子どもにとっては、永遠のヒーローである。その望外の喜びを表すように、ゲリィはぴょんぴょんと飛び跳ねた。

その姿をステバノスは眩《まぶ》しそうに見つめる。

「ゲリィがいいなら、私に反対する理由はないよ」

「ありがとう、ロアリィ！　さあ、行こうか、ゲリィ。おいしいものを食べさせてあげよう」

「やった！　ありがとう、勇者様！」

ステバノスはゲリィと手を繋《つな》ぎ歩いていく。それはまるで本物の親子のようであった。


ヴァロウの目に映っていたのは、燃えた荷台だった。

遠くでは馬が嘶《いなな》き、地面が倒れた兵の生き血を吸っている。

ゴドーゼンの補給部隊だ。

これで五度目。向こうも対策を打ち、守備隊の数をその都度増やしていったが、戦力の逐次《ちくじ》投入など、ヴァロウから言わせれば愚《ぐ》の骨頂《こっちょう》である。当然成功するはずもなかった。どうやらゴドーゼン側は敵の戦力を計りかねているらしい。編成にも全く工夫が見られなかった。

ステバノスは勇者であり、その特異な力は言うまでもなく偉大だ。しかし、指揮官としてはさほど有能ではなく、ヴァロウもそこを見抜いていた。

「ヴァロウ、こんなことをいつまで続けるんだ？」

ザガスは棍棒を肩に担ぐと、苛立《いらだ》たしげに尋ねた。

眉間に皺を寄せ、明らかに不機嫌そうな表情を浮かべる。

ザガスの不満は募っていた。ここのところ、ずっと森に潜み、雑魚ばかり相手している。さらに食べ物も満足とは言えない。森の食草や、兎や鹿だけではなく、そろそろ魚が恋しいらしく、ザガスは歯に挟まった魚の小骨を取るようにしきりに顎を動かしていた。

「心配するな。そろそろ向こうも堪忍袋の緒が切れる頃合いだろう」

「でも、ヴァロウ様。ステバノス様は割と辛抱強いお方ですよ。ここまでされても、ヘラヘラと笑っているかもしれません」

「ステバノスではない」

「え？」

ヴァロウはニヤリと口角を上げた。


そのヴァロウの予測は当たっていた。

民衆が大挙し、ステバノスが暮らす城塞内にある宿営地に押しかけてきたのだ。

「食糧はまだか！」

「早くくれ！」

「お願い！　このままじゃ子どもにお乳が……」

テーラン城塞都市の市民たちは殺気立っていた。亡者のように声を上げ、手を伸ばす。

ステバノスが食糧を持って現れてから、約二十日が過ぎていた。すでに持参した食糧は尽きている。

ステバノスが率いる軍の食糧すらなくなり、深刻な事態に陥っていた。

「どういうことなんだ、ステバノス！」

怒鳴ったのは、テーラン代表のロアリィだった。

怒りのあまり顔が赤くなっているかといえば、そうではない。頬は痩け、顔は青白い。顎には無精髭を生やし、目の下には炭を塗ったような隈ができていた。

「落ち着けよ、ロアリィ」

「落ち着いていられるか！」

出会った当初、ステバノスを神のように崇めていたロアリィの姿はない。

敬称もなく、いつの間にか『風の勇者』を呼び捨てで呼ぶようになっていた。

「大丈夫だ、ロアリィ。次の補給部隊はうまくいく」

「そう言って、これまで失敗してきたじゃないか！」

「安心したまえ。今度は、僕が直接補給部隊の指揮を執《と》るつもりだ」

「な！　あなたが……！」

「おお！」

「勇者様が」

「なら安心だ……」

ロアリィと一緒に宿営地に押しかけてきた民衆たちは安堵する。

ようやく皆に笑顔が灯るが、ロアリィは違う。依然として硬い表情のままだ。

「危険じゃないのか？　君が前線に立つなんて」

「何を言っているんだい？　引退したとはいえ、僕は勇者だよ。それに――」

ステバノスは手を掲げる。

すると、風が渦を巻いた。さらに風の中に細い光の糸が生まれると、人の形になっていく。

やがて現れたのは、一糸まとわぬ姿の精霊だった。

蝶のような翅《はね》を羽ばたかせ、集まった民衆たちの頭上を旋回する。

おお……、と驚きの声が漏れ、ロアリィもまた目を剥き、優雅に舞う精霊に心を奪われていた。

「僕には心強い相棒がいるからね」

ステバノスは近くに寄ってきた風の精霊と戯れる。

お互いにキスを交わし、その仲睦《むつ》まじい様子をロアリィたちに見せつけた。

「わかった。信じるよ、ステバノス様。そういえば、君に預けていたゲリィは元気かい？」

「ゲリィ？」

「おいおい。とぼけないでくれよ。あのゲラドヴァに石を投げつけた……」

「ああ。あの少年か。きっと街の方に遊びに行ったんじゃないのかな」

「随分長い間、見てないんだ。それにゲリィと同い年ぐらいの子どもが、ここのところ行方不明になる事件がテーランで頻発している。少し心配でね」

こうした暴動や戦争の後に、孤児がさらわれることはよくあることだが、親のいる子どもまで行方がわからなくなっていた。ロアリィは自警団を作り、ステバノスが率いるゴドーゼンの部隊と連携して警戒を強めていたが、一向に誘拐事件が終息することはなかった。

「わかった。食糧を確保できたら、そのゲリィと一緒に食事をしようじゃないか。それでいいだろ、ロアリィ」

「あ、ああ……」

「楽しみにしてるよ。……さあ、行こうか、アイギス。勇者に楯突《たて》くものたちを、成敗しに行こう」

馬を駆り、意気揚々とステバノスは出陣していった。


ゴドーゼン軍の数は八〇〇。

歩兵が五〇〇、弓兵一五〇、盾兵五〇、そして騎兵一〇〇という内訳だ。

一個大隊に、指揮官は元勇者ステバノスである。

この時、彼はすでに勝利を確信していた。相手は所詮野良のゴブリンだ。多少は知恵が回るようだが、大した数ではない。八〇〇の兵と勇者が一人いれば、一捻りだろうと、ステバノスは踏んでいた。

やがて問題の街道に差しかかる。

進行方向の右側には崖、左側は急な斜面になっていた。道幅は狭く、用兵が難しい場所である。

その道をゆっくりとした歩みでゴドーゼン軍は慎重に進んでいく。

ヒュッ！

突然、ステバノスの前を一本の矢が横切った。

慌てて手綱を引き、ステバノスは矢が飛んできた方向を睨む。

「崖の上だ！」

数十匹のゴブリンが矢をつがえ、ステバノスたちを狙っていた。

「やっぱりゴブリンか！　盾兵前へ！　騎兵の馬を守れ!!」

ステバノスは指示を出す。

それは的確なものだったが、盾兵の動きが鈍い。
久しぶりの戦闘、さらに兵たちもまたろくに食べ物を与えられていなかった。
士気が大幅に落ちていたのである。
『ひぃいいぃいぃいぃいぃいいいんんんん!!』
尻に矢を受けた馬が嘶き、立ち上がる。たちまち騎兵たちを振り落とした。
混乱する街道上で、ステバノスも降り注ぐ矢をかわすのが精一杯だ。
「弓兵！　何をしている応戦しろ!!」
ステバノスは苛立たしげに指示を出す。
やはり兵の動きが鈍い。道幅が狭いので、隊列を組み直すのが難しいのだ。
しかも弓兵は後方に配置されていたため余計に時間がかかった。
ようやく応射を始めたが、ゴブリンはすぐに崖の奥へと引っ込んでしまう。
「くそ！　ゴブリンなんかに!!」
ステバノスの顔が歪む。
メトラに我慢強いと分析された彼だが、すでに堪忍袋の緒は切れていた。
空腹……。
勇者である自分を怒鳴り付ける民衆。
補給部隊を五度も全滅させられた。
一連の事件の首謀者が雑魚魔物《ゴブリン》だとするならば、余計腹立たしい。

怒りによってステバノスの顔は紅潮していた。そこにお優しい勇者様の姿はない。

「アイギス!!」

ステバノスは交信する精霊を召喚する。

ふわりと風の力を借りて浮き上がり、崖の上に着地した。

「ステバノス様、お一人で突出するのは危険です」

副長がステバノスを呼び止める。だが、一度火がついた元勇者を止めるのは、不可能だ。

全く聞く耳を持たず、ステバノスはゴブリンが逃げた森の中に踏み込むと、森の中を疾走した。風の精霊の加護を受けたステバノスは、まさに森を吹き抜けていく一陣の風となる。

やがてゴブリンたちの姿を捉えると、ヒステリックに叫んだ。

「見つけたぞ、ゴブリンめ！　――アイギス!!」

相棒に「ゴブリンを切り刻め！」と指令を飛ばした。

アイギスは渦を巻くようにゴブリンに迫る。真空の刃を発生させると、間髪入れず放った。

次の瞬間、ゴブリンたちはバラバラになる――はずだった。

「おらぁあああああ!!」

突然、大柄な男が闖入《ちんにゅう》すると、アイギスの刃を全身で受け止めた。

当然肉は切り裂かれ、血が噴き出す。しかし、大柄な男は悲鳴すら上げない。むしろ肩を震わせ、笑っていた。

「へへ……。やっとだ。やっとこの時がやってきたぜ」

男は巨大な棍棒を肩に担いだ。

ステバノスはその容姿を見て、何者であるか気付く。

口から出た大きな牙。赤い髪から伸びた二本の赤黒い角。

その身体的特徴に覚えがない元勇者ではなかった。

「人鬼族《ワーオーガ》、だと……」

ステバノスは息を呑む。すると、その人鬼族《ワーオーガ》は顔を上げた。

「よう……。勇者様。相手になってくれや！」

牙を剥きだし、笑う。

その目はまるでご馳走を前にした子どものように輝いていた。


「な、なんでこんなところに魔族がいるんだ!!」

ステバノスの金切り声が暗い森の中で響いた。

一方、ザガスは動揺する勇者を愉快そうに見つめ、目を細める。

「へへっ……。そんなことはどうでもいいじゃねぇか。あんたは勇者。オレ様は魔族だ。問答なんて無用だろ？　おら、かかってこいよ!!」

ザガスは手を掲げ、挑発する。

だが、依然としてステバノスは惑乱《わくらん》の最中《さなか》にいるらしい。

剣を構えても、一体何が起きているのか、必死に考えている様子である。

「そっちが来ないってんなら、こっちから行くぜ！」

ざっとザガスは地面を蹴った。一足飛びでステバノスとの距離を縮める。

宣言通り、遠慮なく己の得物《えもの》を振り下ろした。

地響きにも似た音が鳴る。

地面はめくれ上がり、跳ね上がった石が森の幹を抉《えぐ》った。まるで爆心地のような大穴が開く。

ステバノスはかろうじて回避していた。その前には風の精霊がいる。ステバノスを守ったのだ。

「勇者様は腰抜けだが、あんたの精霊は優秀だな」

「う、うるさい！　悪魔め！　――アイギス!!」

腰抜け呼ばわりされ、『風の勇者』としての矜恃《きょうじ》を多少刺激することに成功したらしい。

ザガスの攻撃を見て惚《ほう》けていたステバノスは、一転攻勢に出る。

攻撃を命じられたアイギスは、風の刃を放った。無数の真空の刃が、ザガスに襲いかかる。

しかし、ザガスは回避しようとはせず、その鋼のような肉体ですべての攻撃を受けきる。

周りの幹があっさりと切断されているのに対し、ザガスの肌は浅く切られただけだった。

「効かねぇなあ……」

そう言いながらも、ザガスは血まみれだ。しかし本人の言う通り致命傷は一つもない。

剥《む》き出した牙に自分の血を滴らせながら、ザガスは再びステバノスに向かって突撃してくる。

棍棒を振り下ろすも、またかわされた。

「ちょこまかと逃げやがって。お前の得意技は逃げ足かよ」

「ふん。お前こそ力と頑丈な身体だけで、脳みそには筋肉しか入っていないようだね」

「なんだと!!」

ザガスはぴくりとこめかみを動かす。安い挑発に乗ったのではない。

ステバノスの雰囲気が変わったのを、ザガスは敏感に察していた。

ようやく動揺から脱したらしい。ステバノスから鋭い闘気と、魔力が満ちるのを感じた。

「ようやく本気かよ」

「お前には感謝しよう。君の血のにおいで、ようやく戦場に戻って来れたような気がするよ」

「そりゃ結構だ。浮き足だった勇者様を倒しても、なんの面白味もねぇからな」

「いや、その方が良かったと思うよ。お前の最大の敗因は、僕を本気にさせてしまったことだ」

「かかっ！　いいねぇ。なら、勇者様。オレ様を殺してくれよ。勇者に討たれたとあっちゃあ、冥利《みょうり》に尽きるってもんだ」

「わかった。遠慮はしないぞ、魔族！」

「上等！」

「アイギス……。我が剣に宿れ!!」

ステバノスは剣を掲げた。

武具に詳しいザガスは、一目見てステバノスの剣が普通ではないことを見抜く。

おそらく魔法鉱石《ミスリル》と鉄の合金剣だろう。

途端、剣にアイギスが吸い込まれていく。

すると、突如豪風が唸り上げた。森の中はたちまち嵐の真っ只中《ただなか》となる。

「へぇ……。魔法剣かよ？」

「これは大戦時、万の魔族を斬った技だ。降参するなら今のうちだぞ」

「かかっ！　参ったって言ったら、許してくれんのかよ、勇者様よ」

「それもそうだね。……では、遠慮なく僕とアイギスの合技《ごうぎ》をご馳走しよう」

「おう！　さっきからそう言ってるだろ！」

ザガスはベロリと唇についた己の血を舐める。

そして立ち上がった熊のように両手を広げ、構えを取った。

「魔法剣を受け止める気かい？」

「来いよ。勇者様……」

「悪魔が……。馬鹿にするなぁぁあああああ!!」


ストームブリンガー!!


周囲の木を巻き込みながら、嵐を纏《まと》った剣は振り下ろされる。

その剣は完璧に目の前のザガスを捉えた。

ひどく耳障りな音が森を貫く。

木、草、地面……、大地に根付いていたものすべてが、吹き飛ばされていった。

やがて現れたのは、巨大な亀裂《きれつ》だ。

地平の彼方まで続き、一切の木々が薙ぎ払われる。

濛々と土煙が立ちこめる中で、ステバノスは剣を引こうとした。――が、動かない。

その時ねっとりとした声が、ステバノスの耳朶《じだ》を震わせる。

「つかまえた・・・・」

ぬっと土煙の中から出てきたのは、丸太のように太い腕《かいな》だった。

その腕がステバノスを引き寄せる。目の前に現れたのは、血染めの人鬼だ。

ザガスの三白眼には確かな生気が宿っており、牙を剥きだし笑っていた。

「馬鹿な!! ストームブリンガーをまともに食らって生きてるだと!!」

「なかなかいい一撃だったぜ……」

ザガスはステバノスを称賛する。

事実、ステバノスのストームブリンガーは、彼の左肩から下肋骨付近までを斬り裂いていた。ぱっくりと割れており、一部臓器がはみ出している。人間ならば、ショック死しているような大怪我だ。

だが、ザガスは人間ではない。人鬼であり、そして魔族なのだ。

「しっかし、残念だ。……また生き残っちまった。なあ、勇者様よ。さっきの一撃が本気か。もっと大技を隠してねぇのかよ」

「ふ、ふざけるな! ぼ、ぼぼぼ僕の魔法剣の直撃を受けて生きている魔族なんて」

「あるのかねぇのか、どっちか答えやがれ!」

「あ、あるわけないだろ！　今のが僕とアイギスの最高の――」

「なんでぇつまんねぇな!!」

ザガスはステバノスの頭を掴まえた。そのまま地面に叩きつける。ポンと衝撃で勇者は飛び跳ねた。

相当な衝撃であったことは想像に難くない。人間がスライムのように跳ねるなど、あり得ないことだ。

それでもステバノスにはまだ意識があった。

「アイギス!!」

剣からアイギスが飛び出る。

再び真空の刃がザガスの皮膚を斬り裂いた。さすがに深手を負いすぎたのだろう。ザガスはステバノスを手放してしまう。

すると、勇者は好機とばかりに背中を向けて逃げ始めた。

「あ！　てめぇ！　逃げるな!!」

「アイギス！　そいつを抑えておけ!!」

命令だけ残し、森の中にステバノスは消えるのだった。


肩が外れていた。肋《あばら》も折れて、内臓に刺さったのだろう。

口内には嘔吐《えず》くほどの血のにおいが充満している。呼吸もおかしい。肺に血が溜まっているのだろう。

これでは戦えない。もうステバノスには逃げるという選択肢しか残されていなかった。

（逃げる！　絶対に逃げてやる!!　こんなところで死ぬわけにはいかない。いや、雑兵や馬鹿な民衆はともかく、僕は死んでいい人間ではないんだ！）

とにかくステバノスの目標は、置いてきた本隊と合流することだった。

八〇〇名の兵士を従え、もう一度あの魔族を討つ。

（いや……。一度テーランに帰ろう。そして癒してもらうんだ）


僕の天使たちに……。


「待っててね。僕の天使たち……。今、帰るからね」

ステバノスは熱病《ねつびょう》に浮かされたように独白する。その表情はひどく歪んでいた。

それは誰にも見せたことがない第二のステバノス・マシュ・エフゲスキの笑顔であった。

すると、ステバノスは突如立ち止まる。

濃い血のにおいを感じた。はじめ「自分のものか？」と疑ったが違う。それは前方にある崖下の方から漂ってきていた。おかしい。そこにはステバノスが率いてきたゴドーゼン軍の本隊がいるはずだ。

恐る恐る覗き込む。

「――――ッ！」

そこにいたのは、アンデッドたち――そして、そのアンデッドに食われ、アンデッド化する兵士たちだった。

（ば、馬鹿な!!）

叫びそうになるのをステバノスは口を塞ぎ堪《こら》える。

八〇〇名の兵士が、アンデッドに襲われ全滅していた。

今ここにいるアンデッドの数は軽く九〇〇匹はいるだろう。

新たに一〇〇～二〇〇匹生まれただろう数を引いても、最初に七〇〇～八〇〇匹のアンデッドに襲われたことになる。

（一体、どこにこんなアンデッドたちが！）

しばらく観察しているとステバノスは気付いた。

半数以上のアンデッドが纏っている武具や槍は、すべてゴドーゼン製のものだったのだ。

（まさか!!　あのアンデッドたちのほとんどが、補給部隊のものか!?）

五度に渡って行われた補給部隊による食糧輸送には、計五〇〇名近くの兵が投入されている。

そのすべてが、アンデッド化していたとすれば……。

（計算が合うではないか。一体誰がこんな悪魔的所業を……。あ、あの頭の悪そうな人鬼か。いや、絶対に違う。ヤツではない。もっと頭の切れる魔族が他にいるはずだ。そうだ。きっとそうだ。ゴドーゼンの兵をアンデッド化し、我らの補給線を断つような行動を選択した頭のいい魔族が……）

だが、おかしい。魔族は基本的に策を弄《ろう》さない。ほとんどの魔族が、高い基礎能力を存分に振るって中央突破を狙ってくる。それがステバノスの印象だ。故に補給線を断つなどという姑息《こそく》な手段をこれまで魔族が用いることはなかった。

しかし、今回は違う。この戦いには、明確な意図が感じられた。

（どうする？　いや、どうなる？　僕が仮に指揮官なら……）

混乱する頭で、ステバノスは必死に回答を探る。

判断を誤れば、たちまちアンデッドを率いる魔族の指揮官に殺されることになるだろう。

（もし、僕なら……。本隊に再合流する僕を――）

ドスッ！

ステバノスに衝撃が走る。急にお腹の周りが温かくなり始めた。

視線を落とす。腹の中から、槍の切っ先が生えていた。

いや、貫かれていた。

「は、はぐぅ……」

ステバノスは鮮血を吐く。激痛が頭頂まで駆け上っていった。ぐるりと暗転しようとする意識をかろうじてとどめる。倒れそうになった身体を支え、ステバノスは叫んだ。

「アイギス!!」

喚《よ》ぶと、アイギスは再びステバノスの背後に現れる。

交信者を守ろうと、真空の刃を放った。バラバラになったのは、アンデッドである。

槍を引き抜き、ステバノスはアイギスを置いてまた逃げ始めた。

だが、遅い。

すでにステバノスは無数のアンデッドたちに囲まれていた。

すると、一人の黒髪の人鬼が進み出てくる。薄暗い森の中で、ヘーゼル色の瞳を光らせていた。

氷のような眼差しだ。なのに、強い意志を感じる目を見て、ステバノスは直感的に悟る。

(こいつだ……。こいつが指揮官だ!)

ステバノスが確信する一方で、人鬼は口を開いた。

『『風の勇者』ステバノス、貴様に聞きたいことがある」

「ま、魔族が僕に質問だって……」

「答えによっては、見逃してやってもいい」

「な、なんだと! ふ、ふざけるな、僕は勇者だぞ」

声を上擦らせながらも、ステバノスは強がったが、内心では「おいしい……」と思っていた。

手負いのステバノスにとって、今もっとも必要なのは体力を回復させることだ。そのためなら一拍でも二拍でも休息がほしいところだった。

その時間を魔族の方から提供してきた。しかも、場合によっては見逃すという。それは信じられないにしても、この状況はステバノスも望むところだった。

「だ、だが……。質問ぐらいは聞いてやってもいい。なんだ?」

「十五年前、リントリッド王女メトラ様が何者かに殺されたその日、お前は王宮にいたな?」

(な、何故、魔族がそんなことを知っている? いや、何故魔族がそんなことを尋ねるのだ?)

疑念に思いながら、ステバノスは時間を稼ぐため口を開いた。

「ま、待て。その前に教えろ。君は何故——」

ヒュッと空気を切り裂くような音が鳴った。

瞬間、ステバノスの肩口に激痛が走る。獣のような悲鳴を上げながら、蹲った。

見ると、深々とナイフが突き刺さっている。

「き、貴様ッッッッ!!」

「下手な時間稼ぎはやめろ。尋ねられたことだけを喋ればいい」

人鬼はナイフを握る。振りかぶった瞬間、ステバノスは慌てて答えた。

「あ、ああ！　そうだ！　僕は王宮にいた。その日は勇者としての現役を終える日だった。だから、メトラ王女にも謁見するアポも取っていたんだ。しかし王女――」

「殺された……。で――その時、お前はどこにいた？」

「ま、待て！　僕は王女を殺していない。そもそも犯人はヴァロウという男で」

「本当にそう考えているのか、勇者」

「そ、それは――！　……い、いずれにしろ、ぼ、僕は犯人じゃない！」

「ああ……。そうだ。王族殺しなど、お前にはできない。度胸もないだろう。だが、真犯人を目撃した可能性はある」

「し、知らない!!　僕はそんな怪しい人物は見ていない。目撃していたなら、報告――げはっ！」

再びナイフがステバノスを貫いた。今度は足である。

たちまちステバノスは崩れ落ちる。膝を突き、脂汗を額に浮かべながら、患部を押さえた。

「本当か？　よく思い出せ」

「ほ、本当だ。信じてくれ！　僕は――――あっ！」

「お、思い出した！　僕の前に王女に会う約束をしていた人物がいる」

「なんだ？」

「誰だ？」

「りゅ、竜王だ……」

「りゅうおう……？　――まさか『竜王』バルケーノか!?」

その時、眉一つ動かさなかった人鬼の顔が初めて歪んだ。

慌てた様子の人鬼を見ながら、ステバノスは何度も頷く。

「あ、ああ……。あの人も僕と同じ日に退任式を行うはずだった」

「本当だろうな？」

「嘘を言ってどうなる。そもそも魔族が何故、十五年前の事件を嗅ぎ回るんだ!?」

ステバノスの質問に、人鬼は答えなかった。

やや歪んだ爪を噛み、何やらブツブツと呟いている。手に持ったナイフと同じく、殺気立っていた。

ステバノスは好機と踏んだ。

「アイギス!!」

再び相棒の名を呼ぶ。

何度も交信者に見捨てられても、アイギスは健気にステバノスの元に舞い戻る。

風の刃を放ち、周囲のアンデッドを蹴散らした。

今しかない、とステバノスは足を引きずりながら、移動を始める。

だが鬱蒼《うっそう》と茂る雑草に足を踏み入れた時、ステバノスの身体が傾いた。

「うわぁあぁあぁあぁあぁあぁあぁあぁあぁあ!!」

情けない悲鳴を上げ、ステバノスは谷間に転落する。

「アイギス!!」

また精霊の名を呼ぶ。

風のクッションを作らせると、落下のダメージを負うことなく着地した。そのまま足を引きずり、ステバノスは歩き出す。腹に開いた槍傷のおかげで、腰から下は真っ赤に染まっていた。喘ぐように息を切らし、よたよたと歩く様は、とても勇者とは思えぬ姿である。

まさに敗軍の将であった。


ステバノスの様子を崖の上から、ヴァロウは見送っていた。

そこにメトラが合流する。逃げる勇者の後ろ姿を見て、質問した。

「よろしいのですか、ヴァロウ様？　捨て置いて」

「ああ……。案ずるな、メトラ。ヤツにトドメをさすのは、俺じゃない」

「それは――」

「直にわかる。それよりもメトラ。お前を殺した首謀者がわかるかもしれないぞ」

「え？」

「『竜王』バルケーノだ……」

な「バルケーノ様が⁉」」

「事件直前にお前と会う約束をしていたらしい。何か覚えはないか？」

「私のスケジュールは側付きに任せていましたから。でも、誰かと会う約束はしていたと思います」

「とにかく、バルケーノに会おう。今、ヤツはメッツァーにいる。どこかで戦うことになるだろうするとと、突然濃い血のにおいが漂ってきた。

鮮血をほとばしらせながら、ザガスが現れる。

「おい！　勇者の野郎はどこへ行った？」

「その怪我……。大丈夫なの、ザガス？」

「はっ！　こんなの唾付けてりゃ治る」

ザガスは強がる。

人鬼の再生能力は高いが、さすがに「唾を付けて」治るレベルを超えていた。

メトラは得意としている回復魔法を使い、ザガスの傷を癒やす。

「ありがとよ、メトラ」

ぐりぐりと肩を回すと、ザガスはニヤリと笑った。

もう一戦とばかりに闘気を膨れ上がらせていく。今すぐ駆け出し、手負いのステバノスを追いかけていくのではないかと思うほどにだ。よほどステバノスとの戦いが、楽しかったのだろう。

「そんなに動かさないでください。くっついたばかりなのですから」

「わかってるよ。で、この後どうするんだ、ヴァロウ？」

「このまま撤退してもいいが、勇者の末路を見届けるのも悪くないだろう」

「――んだよ。もう戦さはおしまいか」

「不満か……？」

「まあな。でも、久しぶりにマジになれたからな。楽しかったぜ」

ザガスは牙を剥き出せば、ヴァロウは「ふん」と鼻を鳴らす。

そして北を見つめた。

「では、行くか。テーランに。そろそろこの戦いに幕を下ろそう」

三人の魔族の足が、再びテーランへと向けられるのだった。


豚のように喘《あえ》ぎながら、ステバノスはテーランの城門を叩く。

もう夜である。本来なら開門が許されない時刻だが、「ステバノス」の声を聞いて、兵士たちは慌てて門を開けた。変わり果てたステバノスの姿を見て、門兵はギョッと目を剥く。

金髪には鮮血がかかり、白い肌には汗が滲《にじ》んでいた。腹には穴が開き、下腹部が真っ赤に染まっている。本当に勇者本人なのかと疑うほど、疲弊していた。

そんな状態のステバノスは、門兵を見た瞬間、地面に崩れ落ちる。

「す、ステバノス様！」

「い、一体どうされたのですか？」

「他の兵は？」

自警団として残しておいたわずかなゴドーゼン兵が集まってくる。

兵たちの質問を無視し、ステバノスは「水を……。水を……」と言葉を繰り返した。差し出された水袋を奪い取り、喉を潤《うるお》す。ようやく息を整え始めた。そしてそのまま何も言わず、よたよたと街の中にある宿営地へと向かう。

「このまま泥のように眠りたい。ああ……。そうだ。これは悪夢なんだ。だから、きっとこのままベッドで眠って、起きたら、いつも通りの日常が待ってる。そしたら、天使に会おう。僕の天使たちに……」

ステバノスの足取りが幾分速くなる。

だが、勇者の前に立ちはだかったのは、テーラン代表のロアリィだった。

「どうしたんだい、ロアリィ？」

「お前の方こそどうしたんだ、ステバノス？」

ステバノスはロアリィからいつもと違う雰囲気を察した。

敗残兵として、何の成果もなくおめおめと帰ってきたことに激怒しているのか。それとも結局、食糧を確保できなかった将を咎《とが》めているのか。それは勇者ステバノスにもわからない。

しかし、今はロアリィの機嫌などステバノスにとってはどうでもいいことだ。

適当にあしらって、また明日話を聞こうと考え、再び足裏を浮かせた。

「悪いが疲れているんだ。怪我もしているしね。話は明日――」

「ダメだ。ステバノス」

ロアリィは道を塞ぐ。

ステバノスの眉間が動いた。

このまま斬ってやろうかと本気で考えたが、ステバノスは笑みを浮かべる。

「怪我人なんだ。優しく――」

「これが何だかわかるか？」

ステバノスの言葉が終わる前に、ロアリィは手を突き出した。

紐が通った小さな木の像を見せる。像はどうやら聖霊ラヌビスを象ったもののようだ。

「それは――ッ！」

ステバノスは口を噤《つぐ》んだ。

ゾッと背筋に冷たい汗が垂れていくのがわかる。

見たことある。だが、それが何かまではわからない。

それでも、その聖霊ラヌビスの像がとてもヤバいものであることは認識としてあった。

「これはゲリィの母の形見だよ」

ロアリィの目尻からつぅと涙が流れる。

「だが、これはもうゲリィの母親の形見《かたみ》ではない。ゲリィの形見になったんだ。小さな少年が残していったものだ。お前が殺したな！」

「落ち着け、ロアリィ！　君は何か勘違いしてるよ」

「勘違いしてるなら、それもいいさ。勘違いだと思いたかった。何かの間違いだと……。だが、私は見てしまったんだ」

「…………な、な、何を見た」

「君の宿営地だ。秘密の部屋の中身を見た。あのおぞましい拷問部屋をね」

「……そうか」

「なんだよ、あれは！　あれが人間のやることなのか。どうやってあんなに無残に殺せるんだよ。原形すら残ってなかったじゃないか。ゲリィをどこへやった！　ゲリィを返せ！　あの子を返してくれ!!」


うるせぇぇえぇえぇえぇえぇえぇえぇえぇえぇえぇえぇえぇえぇ!!


ステバノスは叫んだ。青い瞳を剥きだし、ギロリとロアリィを睨む。

騒ぎを聞きつけ、兵や民衆たちが夜中にもかかわらず集まってきた。

小さな子どもも眠い目を擦りながら、側の親に尋ねる。

「勇者様、どうしたの？」

その言葉にステバノスは反応する。

甘いマスクを持つ勇者の姿はどこにもいない。

悪魔が取り憑いたかのように、その顔は醜悪に歪んでいた。

「そうだよ。僕は勇者だ。勇者なんだよ。だけどさ。勇者の中では底辺だった。だから、地方の一領主のポストしかもらえなかった。他の同期は侯爵や大臣級の職につき、弟子たちは最前線で武功をたてている。なのにさ、僕は最前線からも本国からも遠い、地方の領主をやっている」

青い顔をしながら、ステバノスは己の半生を語る。

暗い井戸の底から聞こえてきそうな声が、テーラン城塞都市に響き渡った。

「地方の領主はそりゃ穏やかな生活だったよ。でも、足りない。面白くないんだ。田舎臭い女にも飽きた。何もすることがなかった」

けれど……。

「天使たちは違った。彼らが囀《さえず》るたびに、僕はやっと生きている実感が得られた。だから、彼らのためなら何だってしたよ。……でも、なんでだろう？　いつか囀るのをやめてしまうんだよ、彼らは」

「まさか君は、自分の領地でも同じようなことを……」

「当たり前だよ。……でもさ。警戒が厳しくなってね。まあ、そう部下に指示したのは僕なんだけどさ。だから、天使を捕まえるのが難しくなっちゃった」

ここで言う「天使」という言葉は、誰が聞いてもわかる言葉だった。

ステバノスがゴドーゼンに赴任してから二年、ずっと同じような凶行を繰り返してきたのだ。

「『テーランを救ってほしい』。ロアリィ――君の嘆願の手紙をもらった時は嬉しかったよ。これでテーランの天使を捕まえられるってね」

「お、お前は！　そのために私たちに力を――」

「当たり前じゃないか！　それ以外、僕に何のメリットがあるって言うんだよ。天使がいなかったら、こんな弱小都市を救ってもなんの益にもならないじゃないか」

「じゃあ、俺の娘も……」

「勇者様が、私の子どもをさらったって言うの？」

「誘拐犯だったなんて」

「鬼!!　いや、悪魔だ!!」

民衆たちはたちまち声を張り上げた。食糧がなく、すでに彼らは限界に達している。立って話を聞くことすら難しい状況だろう。だが、怒りが身体の限界というスイッチを切ってしまっていた。

「アイギス!!」

ステバノスは手を掲げると、美しい風の精霊が現れた。

未明のテーラン城塞都市の中でぼうっと光り、交信者を守るように立ちはだかる。

今や彼に味方するのは、精霊一人だけになってしまった。

「近づくなよ！　お前らを皆殺しにすることだって造作もないんだ。なんたって僕は勇者だからね」

その時である。一条の雷光がアイギスを貫いた。

凄まじい魔力に、精霊とて抗えない。現世に形を作ることもできず、一瞬にして消滅した。

「な！　アイギス!!」

ステバノスは風の精霊が消滅した場所を呆然と見つめた。

続いて、雷光が飛んできた方向を確認する。城門の上に人が立っていた。

夜の帳《とばり》の中で、見覚えのあるヘーゼル色の瞳が冷たい光を湛《たた》えている。

「ひぃぃぃいいいいいいいぃいぃいいぃいぃいいぃいぃいぃいいぃいぃぃい!!」

ステバノスは悲鳴を上げ、よろける。

ドスッ!! と不意に背中に衝撃が走った。

一瞬、何が起こったかわからない。気がついた時にはステバノスは血だまりの中に立っていた。その血は誰のものでもない。ステバノス自身の血だった。

首を回し振り返る。女がステバノスに寄りかかるように立っていた。

名前も知らない、ただの妙齢の女である。

手には古びた包丁を握り、涙を目にいっぱい溜めていた。

「子どもの仇よ……」

引きつるような息を吐き出し、女は呪詛《じゅそ》を刻むように呟いた。

どうやら、ステバノスに殺された子どもの母親らしい。

「はは……。あはははははははは……」

ステバノスは笑った。

自分でもなんで笑っているのかわからない。

けれど、おかしくて仕方なかった。

そして人が殺到し、すべての怒りを勇者にぶつける。

ステバノスは骨格が変わるぐらい殴られ、身体にはいくつもの穴が開いた。

やがてピクリとも動かなくなる。

『風の勇者』ステバノスの最期は、呆気ないものだった。

民衆のために戦った男は、民衆によって殺された。

そしてテーランに夜明けが訪れるのだった。


ロアリィは地面に尻をつけたまま呆然としていた。

顔を手で覆い、朝日が差しても顔を上げることはない。

ただその胸中は、たった一つの自問に埋め尽くされていた。

「これからどうすればいいんだ……」

絞り出すように呟く。

テーランを治めた総督府に反旗を翻し、その親族を討ち取った。中央を説得するために、ゴドーゼン城塞都市の領主であり、元勇者のステバノスをテーランに呼び込むまでは良かったが、結局手に掛け殺してしまった。

果たして自分たちのしてきたことは、正しかったのだろうか。

ロアリィはぼやけた思考の中で、必死に正答を探し求める。

打ちひしがれるロアリィの元に、仲間が駆け寄ってくる。何か慌てた様子だった。

「ロアリィ、来てくれ！　商人が来た！」

「は？　商人？　そんなまさか……。今、私たちと商売する商人などいるはずが」

仮にいたとしても、ロアリィたちに林檎一つでも卸《おろ》せば、中央や他の大要塞同盟の諸都市に睨まれることになる。商人にとってデメリットしかないのだ。

とにかく来てほしい、と仲間に請われ、ロアリィはテーランの城門に向かう。残っていたステバノスの兵たちはすでにゴドーゼン城塞都市に引き返し、城門前はがらんとしていた。

仮にステバノスを襲った襲撃者が攻めて来ようものなら、死にかけた人間しかいないテーランなど、あっという間に蹂躙されるだろう。

しかし、その城門前にいたのは魔族でもなければ、山賊でもない。ターバンを巻いた優男だった。その後ろには従者らしき者の姿もある。フードを目深に被り、顔がよく見えなかった。

唯一顔を見せている優男が進み出る。

「わたくしはペイベロと申します。以後お見知りおきを……」

「本当に、あんた商人なのか？」

「ははっ。なら、大道芸でもして見せましょうか？」

ペイベロは手を広げて戯《おど》ける。

殺伐としていたテーランの空気が、少し和《やわ》らいだように感じた。

「何を売ってくれる？」

「なんでもでございます。食糧でも日用品でも。そうですな、武器というのも取り扱っておりますよ」

「武器……？」

「はい……」

するとペイベロは後ろに並んでいたいくつもの荷台の幌《ほろ》を数人の従者とともに解き、すべての荷物を見せた。そこには日用品や食糧に交じって、武器も並べられている。

「おお……」

壮観な眺めにロアリィは思わず唸《うな》る。夢にまで見た食糧が朝日に輝いていた。

すると、荷台の食糧を見たテーランの領民たちが我先にとばかりに群がる。代金など払わず、野菜、肉、あるいは硬い木の実を殻の上からむしゃぶりついた。

あちこちで取り合いが起こったが、それでも食糧がなくなることはなかった。

「お、おい！　みんな！　まだ代金を払ってないんだぞ。……すまない。お金は――」

ロアリィは振り返る。

だが、ペイベロという商人の姿はない。彼の従者の姿もなかった。

城門を出て、城外を確認してみたが、どこにもいない。忽然《こつぜん》と消えてしまった。

「まるで妖精につままれたようだ……」

ロアリィはしばし呆然とする。

再び荷台のところに戻ると、武器が見えた。そっと手を伸ばし、一振りの剣を掴み上げる。

鞘から抜き放つと、刃がギラリと光った。

親指の先で刃に触れると、ぷくりと鮮血が滲んでいく。夢ではない。本物の武器だ。

「決めた」

「何をだ、ロアリィ」

仲間が尋ねると、ロアリィは剣を掲げた。

「戦おう」


この世界は間違っている……！

✣

「あれでよろしかったのですか？」

ペイベロが尋ねた相手はヴァロウだ。

彼と合流し、一行はルロイゼン城塞都市への帰途についていた。二台の馬車の片方はメトラが手綱を引き、その荷台にはフード付きのローブを纏ったままザガスが豪快な鼾《いびき》を立てて眠っている。

ペイベロが引く馬車にはヴァロウがいて、荷台には大量のスライムが乗っていた。

周りにはゴブリンがつき、徒歩で馬車を追いかけている。

アンデッドは捨ててきた。その動きは鈍く、歩調に合わせて移動すると、ルロイゼンに戻るのに一週間はかかってしまう。ただアンデッドには帰巣本能のようなものがあり、最初に作った術者の魔力を辿る機能が付与されている。放っておいても、いつかはルロイゼンに戻って来るのだ。

ペイベロの質問に、ヴァロウは目深《まぶか》に被ったフードを取り、黙って頷く。

「まったく……。恨みますよ。商人のわたくしに無料の奉仕をさせるなんて」

「あれは投資だと思えばいい」

「投資と言うなら、一体何の利が返ってくるのですか？」

賢いペイベロも、いまだヴァロウの狙いが読み切れていなかった。

ヴァロウがしたことは、テーランから食糧を奪い、ゴドーゼンの補給部隊を襲っただけだ。

はっきり言えば、嫌がらせとしか思えなかった。

ヴァロウはたった一言呟く。


「時間だ」


「時間？」

広い街道で馬車を併走させたメトラがフードを取って、眉を顰《ひそ》めた。同じくペイベロの顔も曇る。

答えを聞いても、誰もヴァロウの思考に追いついていなかった。

「今回の事件がきっかけにして、大規模な反乱が起こるだろう。テーラン、そしてゴドーゼンでな」

「テーランはともかく、ゴドーゼンもですか？」

「ゴドーゼンも兵の九割近くを失った。加えて、領主ステバノスの凶行が明るみになったのだ。不満を持った人間が声を上げるのは容易く想像が付く」

「そうか！」

半ば興奮した様子で、ペイベロは唸った。

「二都市を焚き付け、大規模なものに発展すれば、周辺の大要塞同盟諸都市は、その内乱の鎮圧に向かわなければならない」

「なるほど。テーランとゴドーゼンの民衆を合わせれば二三〇〇〇。それほどの暴動を治めるのは簡単なことではない」

ペイベロの声を聞いて、メトラもまた得心した。そこにヴァロウが説明を加える。

「大要塞同盟は本国リントリッドから独立した都市同盟だ。もし、それが崩れれば、同盟に認められた自治権を剥奪される恐れがある。他の同盟都市は躍起になって、内乱を鎮圧しに来るはずだ。いつでも潰せるルロイゼンの魔族よりも、暴動鎮圧を優先するだろう」

遅かれ早かれ、ルロイゼン城塞都市の占拠はすべての同盟諸都市に知れ渡る。テーランやゴドーゼンはともかく、軍備が整っている同盟主都市であるメッツァーや副都市ヴァルファルを今相手するのは得策ではない。故に、ヴァロウは先手を打ち、他の同盟諸都市に別の「敵」を作ったのである。

「なるほど。そこに時間が生まれると言うのですね。今のうちに、軍備を増強し、来たるべき決戦のために力を蓄えると言うわけですか。さすがは、ヴァロウ様です」

手綱を持ったまま、メトラは震え上がる。顔を上気させて、ヴァロウをうっとりと眺めた。

「いやはや……。げに恐ろしいのは、一都市の食糧庫を空にしただけで、広大な大要塞同盟を揺るがす事案を作ったことですよ。その知謀《ちぼう》……。もはや脱帽するしかありません」

ペイベロは本当にターバンを脱ぐ。紺色の髪が、やや肌寒い朝の空気に揺れた。

「しかし、ヴァロウ様。時間を作って何をなさるのですか？　わたくしには、あなたがルロイゼンの書斎にずっと引きこもって、内政を安定させるなんて姿が、どうも思い浮かばないのですが……。何か面白いことをお考えなのでは？」

「ふん。なかなか鋭いな、ペイベロ」

「お褒めにあずかり恐縮です」

「内政の方は、エスカリナとお前に任せるつもりだ。励めよ」

「なんと……。とんでもない仕事を押しつけられたものです。それで、ヴァロウ様はいかがされるのですか？」

「俺は本国に戻る」

「本国？　まさか？」

「俺の本国といえば、一つしかない」

魔王城ドライゼルだ……。

✦ Episode. 05 ✦

✦Vallow of Rebellion✦

Jyokyukizoku ni Bousatsu Sareta Gunshi ha Maou no Fukukan ni Tensei shi, Fukushu wo Chikau

魔王城ドライゼルは大陸の端にある古城である。

その歴史は前魔王城ラングズロスよりも遥かに長く、先々代の魔王の居城でもあった。

古い故にあちこちが傷んでおり、一見廃墟である。しかし、そこかしこに最新式の罠や結界が張られており、生半可な攻撃力ではビクともしない堅城となっていた。

考案したのは、ヴァロウである。

軍師時代の知識を思う存分振るい、攻めるに難しく、守るに易い難攻不落の堅城へと改築した。

人間だった時に、「予算がない」という一言だけで突っぱねられたアイディアも採用されている。

そもそも魔族に金銭感覚はない。貨幣という概念すら存在しなかった。

あるのは、強い向上心と、強固な服従心だけである。

故に彼らは強くなりたいと思う反面、自分よりも強いものには従順だ。だから「魔王様のため」とあれば、身を粉にして働く。

ドライゼル城が難攻不落の堅城となったのは、そういう魔族心理を巧みに利用した結果であった。

己が改築した城に、数週間ぶりにヴァロウは帰還する。

特別な感慨はない。彼にしてみれば、当たり前のことをしたに過ぎないからだ。むしろ折角、改築した城を壊したり、勝手に魔改造したりしていないか、少し心配だった。

重々しい音を立てて、城門が開く。

「第六師団師団長ヴァロウ様、凱旋！」

門兵が高らかに奏上《そうじょう》する。

だが、人類のように万人が沿道を埋め尽くし、祝福と万雷《ばんらい》の拍手、花吹雪をヴァロウに浴びせたりすることはない。魔王城はしんと静まり返り、幅の広い廊下が、ずっと奥へと続いていた。

ヴァロウはメトラとザガスを伴い歩き出す。

最初、ヴァロウは二人のどちらかをルロイゼンに駐在させるつもりだった。しかし、メトラはヴァロウについていきたいと嘆願し、ザガスに至っては、一人置いておくと逆に不安だったので、ヴァロウはすぐに選択肢から除外した。

今、ルロイゼンに残っているのは、二〇〇匹弱のスライムと五〇匹のゴブリン、そして一〇〇〇匹以上にも膨らんだアンデッドたちだけである。

その管理をエスカリナ一人に任せているのだ。その渋い顔が見えるようであった。

「ルロイゼンは大丈夫でしょうか？」

「エスカリナに任せておけば大丈夫だろう。人間相手ならうまく立ち回るはずだ」

逆にエスカリナで対応できないような軍事的なことであれば、ヴァロウとて対処は難しい。

兵力こそ増えたが、まだまだ雑兵のレベルだ。そして今のルロイゼン城塞都市は【雷帝《らいてい》】が使えない。仮に五〇〇〇の兵がルロイゼンを襲えば、一溜まりもないだろう。

その場合、ヴァロウたち三人がいても結果は同じになる。いてもいなくても一緒なのだ。

しかし、今ルロイゼン城塞都市に五〇〇〇の人類軍を送る暇はない。目下の敵である大要塞同盟は今頃、ヴァロウの仕掛けた暴動の対処に追われ、人類主力は最前線で戦っている。

心配する必要は皆無だが、さりとて時間が無限にあるわけではない。

魔王城に戻ってきたのも、その五〇〇〇の兵に負けないための援軍を調達するためだ。

ヴァロウたちは廊下を進んでいると、慌ただしい足音が奥から聞こえてくる。ヴァロウよりも二回り、いや三回りも大きい影が近づいてきた。

そのシルエットを見た時、ヴァロウはさっとザガスの後ろに隠れる。

「なんだぁ、ヴァロウ……。何をしてんだぁ？」

「なんとなくだ」

「おお！　ヴァロォォォォォオォォォオオォォォ!!」

狼の遠吠えかと思えるような叫声が、魔王城の廊下に響き渡る。

ヴァロウ――ではなく、ザガスに飛び込んできたのは、大きな竜人族《リザード》だった。

「ぎゃああああああ!!」

さしものザガスも、岩のように降ってきた竜人族《リザード》に驚く。

回避しようとしたが遅い。

ザガスは竜人族《リザード》の太い腕に吸い込まれると、骨が軋むぐらいきつい抱擁《ほうよう》を受けた。

「よくぞ戻ってきた、ヴァロウ」

「ちょ…………。おま…………」

「しばらく見ないうちに大きくなりおって。このドラゴラン、嬉しいぞ!!」

ドラゴラン――つまり第一師団師団長は、ついに泣き出す。

一方、丸太のように太い腕と、硬い鱗に覆われた胸に挟まれたザガスは、悲鳴すら上げられず、白目を剥いて死にかけていた。勇者の一撃に耐えたザガスも、ドラゴランの前では赤子同然だった。

「ドラゴラン様、どうかそれぐらいでお願いします」

ヴァロウはザガスの横から現れる。

ぬぬっと目を剥いたのは、ドラゴランであった。金色の瞳をパチパチと動かす。

「ぬ？　ヴァロウの小さい頃にそっくりなヤツがおる」

ドラゴランは本気で混乱していた。ヴァロウとザガスを行ったり来たりしながら、長い首を動かす。

ヴァロウは小さく息を吐いた。

「それは俺の部下ですよ」

「ぬぬ!?　よく見れば、ザガスではないか！　なぜ貴様と抱き合わなければならんのだ！」

ポイッとゴミのようにドラゴランはザガスを投げ捨てた。

すでに意識を失い、魂の出かかったザガスは、冷たい床に倒れる。

やれやれ、とメトラは首を振ると、回復魔法をザガスに送った。

一方、ドラゴランは大きく手を広げる。

「では、改めて――」

抱き合おうとするが、その前にヴァロウはそっと手を差し出した。

魔族の間では使わないが、握手を求められていることに、ドラゴランは気付く。

すると、ギュッとヴァロウの手を握った。ヴァロウの顔が少々歪む。だが、地獄の抱擁を受けるよりは百倍マシだろう。

ドラゴランは少々物足りないという顔をしたが、特に不平を口にすることなく労をねぎらった。

「ご苦労だった、ヴァロウ。手紙に書いたが、あえて言わせてほしい。ルロイゼン攻略、よくぞ成し遂げた。お前の後見人として、わしは鼻が高いぞ」

「ありがとうございます、ドラゴラン様」

ヴァロウは手を胸に当て、恭しく頭を下げる。

ドラゴランは同じ魔王の副官でも一番の実力者だ。軍事・政治両方において、強い発言権を持っている。彼の上には、魔王しかいない。

「メトラもご苦労だったな。よくヴァロウに仕《つか》えた。さあ――」

ドラゴランは腕を広げる。だが、メトラがその硬い胸板に飛び込んでいくことはなかった。

ヴァロウと同じく手を伸ばし、握手を求める。

「あ、ありがとうございます、ドラゴラン様」

顔をしかめながら、メトラは労いに感謝した。

「ドラゴラン！　てめぇ、何をしやがるんだ!!」

声を荒らげたのは、復活したザガスだった。

顔を真っ赤にし、一瞬で落とされた恨みをぶつける。

「相変わらずお主は元気が良いのぅ。そんなにわしの抱擁が恋しいのか？」

ドラゴランはまた腕を広げ、さあ、来い！　とばかりにポーズを取る。

途端、怒髪天を衝《つ》かんばかりに怒っていたザガスの表情が、急に青く変色した。ファイティングポーズを解き、「もういい」とばかりに明後日の方向を向いて、ドラゴランから視線を逸《そ》らす。

「なんじゃ、連れないのぅ」

「部下の失礼な言動をお詫び申し上げます、ドラゴラン様」

「よいよい。ザガスはあれぐらいで良いのだ。それよりも、あやつがお前を困らせておらんか。毎日心配じゃわい」

「問題ありません。ザガスはうまく機能していると思います」

「そうか。お主がそう言うなら、そうなのじゃろう。さあ、魔王様がお待ちだ。ついてくるが良い」

いくら副官と言えども、魔王に度々会えるわけではない。

だが、ヴァロウは特別だ。

一つはドラゴランが後見人でいること。

二つ目は、ヴァロウが魔王に信頼されているからである。

「戻ったのか、ヴァロウ」

若い男のような声が、廊下の奥から聞こえてくる。

大きな口と牙、鋭い紅蓮の瞳を光らせ、全身を白銀の毛に覆われた魔狼族《ワーグ》が現れる。

「ベガラスクか……」

第四師団師団長ベガラスクだった。

ヴァロウや先導するドラゴランと同じく、魔王の副官の一人であり、六人の副官の中では、ヴァロウの次に若く、その分血の気も多い。頭も悪く、師団長と言ってもただ突撃を繰り返すしか能のない猛将である。

だが、その実力は師団長になれただけあって、強い。

突然人間の中に特別な力を持った勇者が生まれるように、魔族にも似たケースがある。ベガラスクもその一人だ。その類い稀な基礎能力の高さによって、若くして魔狼族《ワーグ》の頂点に立ち、一族をまとめあげていた。その功績は魔王も認めるところである。

「ルロイゼンを落としたそうだな」

ベガラスクはヴァロウの方に近づいてくる。

ヴァロウよりも頭一つ大きなベガラスクは、ふんとヴァロウに向かって鼻息を浴びせた。

「地方の都市を落としたぐらいで調子に乗るなよ、ヴァロウ。オレは先日、ムカベスク要塞を落とした。その功績が認められ、魔王様に褒賞《ほうしょう》をもらいに行くところだ」

ムカベスク要塞はここドライゼル城の北にある要衝である。

ドライゼル城から人類軍の勢力圏に進むためには、三つの街道を通るしか道はない。その一つを抑えているのが、ムカベスク要塞だった。

「ムカベスクを落とした戦略的意義は大きい。なのに、お前は弱小都市を落としたに過ぎん。明らかにオレの勝ちだ」

牙を剥きだし、ベガラスクは笑った。

いつから勝負事になったのかはわからない。ヴァロウには理解できない勝利だった。

するとこどもじみたベガラスクの言動をドラゴランがたしなめる。

「ベガラスク、あまり調子に乗るでないぞ。ムカベスクを落とせたのは、魔王様が立てた作戦が良かったからだ。その作戦に忠実に従い、要塞を落としたのはお前の力だが、そのことを忘れるでない」

「わかっておりますよ、ドラゴラン殿」

年長のドラゴランすら嘲るように、ベガラスクは応じた。完全に調子に乗っている様子である。

だが、そこにドラゴランは水を浴びせるように付け加えた。

「それに魔王様が立てた作戦は、ヴァロウが提案した指針によって生み出されたものだ。お前は間接的にだが、ヴァロウの力を借りて、要塞を落としたに過ぎない。それだけは理解しておくがよい」

「な！　ヴァロウが提案した、だと…………。チッ――――！」

舌打ちすると、ベガラスクは踵を返し、廊下の奥へと消えていった。

「すまんな、ヴァロウ。あやつは面白くないのだ。自分よりも年下の魔族が副官をやっていることにな」

「別に気にしておりません。それよりも俺が立てた行動指針は役に立ったようですね」

「ああ。ヴァロウがここを発ってから、どうなるかと心配していたが、残してくれた行動指針通りに作戦を立ててたら、徐々に勝ち数が増えてきたのだ。まあ、大勝も減ったがな」

「あれは負けない勝ち方をするための指針ですから」

「じわじわとだが、お前の力を認めている魔族も現れ始めている。励めよ、ヴァロウ。さすれば、いつかきっと真の副官として認められる日が来るであろう」

ドラゴランはヴァロウの肩を叩く。

そしてベガラスクが歩いていった方へと向かうのだった。

✣

魔王城ドライゼルはまさに迷宮である。

あらゆる罠が敷設《ふせつ》されていることはもちろんなのだが、部屋の配置、廊下の長さ、幅、分岐――すべて人間の行動心理を狂わせる設計になっている。城の中にいるのに、樹海の中を彷徨《さまよ》い歩いているような気分になってくるのだ。

魔族とて同様である。

一歩間違えれば、迷宮に飲み込まれ、二度と出られない可能性も決して皆無というわけではない。一定の順路を覚えればいいのだが、簡単なことではなかった。しかし、それができない魔族など、魔王がいる城の中に入る資格すらないのである。

長い廊下といくつかの階段を上ると、ドラゴランですら見上げてしまう巨大な扉の前に辿り着いた。

魔王の間である。

ドラゴランとヴァロウはその扉の前に立ち、一度居住まいを正した。

メトラとザガスには、別の用事を与えた。そもそも魔王に謁見できるのは、基本的に副官以上の魔族だけである。

「ドラゴランです」

「お入りなさい」

扉越しに声をかけると、穏やかな声が返ってきた。

魔法扉が解錠され、自動的に開いていく。

目の前に現れたのは、薄暗い部屋であった。

燭台《しょくだい》と篝火が最低限置かれ、足元を中心に照らされている。一方、天井は真っ暗で、黒い雲に覆われているかのように闇が澱《よど》んでいた。華美な装飾などはない。魔族の旗と魔王の旗が柱にかかるのみだった。

赤黒い絨毯の上を、ドラゴランとヴァロウは進んでいく。

待っていたのは、魔王——ではなく、先に到着していたベガラスクであった。

「まさか貴様と一緒に褒賞を受け取ることになるとはな」

「嫌なら来なければ良かっただろう？」

「なんだと！」

早速、ベガラスクとヴァロウは互いに牽制《けんせい》し合う。

顔を歪めるベガラスクに対して、ヴァロウは涼しげな表情で前を向いていた。

「よさんか、二人とも。魔王様の御前だぞ」

ドラゴランの声が雷のように響き渡る。

これにはさすがのベガラスクも縮こまるが、ヴァロウの表情は変わらない。

直後、目の前の気配に気付き、ドラゴランは膝を折る。他の二人も倣《なら》った。

「よくぞ戻りましたね、ヴァロウ」

扉の前で聞いた声が、今度は前方から聞こえた。

しかし、ヴァロウの前には、闇が広がるのみである。

【闇の羽衣】

あらゆる攻撃、魔法効果を無効にする魔王の宝具の一つである。

この宝具によって、魔王はあらゆる外敵から守られていた。

「長きに渡り、城を空けたことを深くお詫び申し上げます、魔王様」

「良いのです、ヴァロウ。しかし、本当によくやってくれました。まさかあのルロイゼンを攻略するとは……。あなたには、いつも驚かされてばかりです」

「恐縮です」

「ところで、如何にしてルロイゼンを攻略したのですか？」

魔王が質問すると、ヴァロウは細かい経緯を省きつつ、要点だけを説明する。

敵の守備隊が、北の城壁に集中していること、そのため手薄な海側から侵入したこと、スライムを有効に活用し、一気に領主の館へ赴き、短時間で勝利を掴んだことなど、ヴァロウは魔王に時間を取らせず、簡潔にまとめた。

しかし、その話は魅力的で、聞いていた者の興味を引く。魔王も何度も相槌を打ち、時々英雄譚に目を輝かせる子どものように声を出して、ヴァロウの話に聞き入っていた。表情こそ見えないが、かなり楽しんでいることが、ヴァロウが膝を折る場所まで伝わってくる。

「さすがはヴァロウ。その神算鬼謀《しんさんきぼう》に感服いたしました」

「ありがとうございます」

「ドラゴラン……」

「はっ！」

「目をかけた甲斐がありましたね。彼はもう立派な副官だと思いますよ」

「いえ。それはひとえに魔王様のご理解があったからだと心得ております。ルロイゼン城塞都市攻略の作戦案に賛同していただき、改めて感謝を申し上げます」

「これからも、ヴァロウを頼みますよ」

「はっ!!」

一度目よりもさらにドラゴランは声を張った。

ドラゴランは横のヴァロウをチラリと見て、誇らしげに笑う。

当の本人はと言うと、涼しげな顔を崩さず、頭を垂れていた。

魔王から絶賛される二人を見て、忸怩《じくじ》たる思いを抱いていたのは、ベガラスクである。

狼の牙を剥きだし、小さな鼾のように息を吐いた。

「さてお待たせしました、ベガラスク」

「はっ!!」

声をかけられ、ベガラスクはさらに深く頭を垂れる。

「ムカベスク要塞の攻略、お疲れ様でした」

「なんの！　疲れてなどおりません。魔王様がお望みとあれば、今からでも敵の拠点の一つや二つ、平らげてみせましょうぞ」

「ふふ……。勇ましいですね、ベガラスクは。ですが、多くの同胞を失ったと聞きました」

「戦いに死人は付き物です。散っていった同胞たちも、ムカベスク要塞の攻略を聞けば、地獄で喜んでおるはずです」

横で話を聞きながら、ヴァロウは「愚かな」と胸中で呟いた。

戦争に死人は付き物というのは事実だ。だが、死人を前提にした戦いと、そうではない戦いは、天と地の差がある。

戦争は単純に数がその趨勢《すうせい》を決め、最後に少しでも味方が残っている方が勝ちとなる。ならば、味方を減らさない戦い方をするのは、戦場の定石と言えるだろう。故に指揮官とは如何に敵を殺すかを考えるのではない。どうやって、味方の安全を確保するべきかを考えるべきなのだ。そのための戦略、戦術、そして兵器なのである。

犠牲覚悟の戦いなど愚の骨頂《こっちょう》だ。

だが、残念なことにそういう戦法を美学のように語る将兵は、人類にも魔族にも多い。

ベガラスクはその急先鋒と言えるだろう。

「そこにオレがざっと城壁を上りまして……」

誰も頼んでいないのに、ベガラスクの武勇伝が始まった。

先ほど、ヴァロウがルロイゼン攻略について語ったからだろう。当然、自分も質問されると思い、魔王が促す前に、独演会を始めてしまった。

魔王は一応ベガラスクの話を聞いていたが、ヴァロウの時と比べると、熱心さがいまいち伝わってこない。時折、不自然な相槌《あいづち》を打っていた。

冗長な自慢話ほど、退屈なものはない。

「ベガラスク、もういい。お前の話は長い」

とうとうドラゴランにたしなめられると、ベガラスクは「なっ」と絶句した。

だが、副官の筆頭的存在であるドラゴランに言われては仕方がない。

ベガラスクは大人しく引き下がると、ここぞとばかりに魔王は話を進めた。

「ベガラスク、報告ありがとうございました。さて、二人に褒賞を贈らなければなりません。何か望みはありますか？」

「恐れながら、魔王様。オレに魔王様が所蔵する宝具の一部をいただけないでしょうか？」

ベガラスクは自ら名乗り出る。

宝具の所有権はすべて魔王にある。たとえばヴァロウが第三師団シドニムから借り受けている【死霊を喚ぶ杖《アンデッド・スティンガー》】も、元は魔王の所有物であり、シドニムも魔王から借り受けているだけなのだ。

故にベガラスクが言うように宝具を与えることは、長い歴史の中で存在しない。

だが、恩賞として宝具を貸し与えることは、よくあることだった。

ただ自ら宝具がほしいと言ったのは、ベガラスクが初である。差し出がましいことこの上ないのだが、言ってしまった後では、咎《とが》めようがなかった。

「宝具ですか。わかりました。考えておきましょう」

「あ、ありがとうございます!」

宝具を魔王より貸し与えられるのは、魔族にとって最高の誉《ほま》れである。そして、その所持数は単純に副官の中での序列を示していた。故に第三師団師団長シドニムが、ヴァロウに宝具【死霊を喚ぶ杖《アンデッド・スティンガー》】を貸し与えてくれたのは、異例中の異例なのだ。

ベガラスクはこれで一つ宝具を所持したことになる。

ちなみにヴァロウはシドニムから貸し与えられた【死霊を喚ぶ杖《アンデッド・スティンガー》】を除けば、現在ゼロだ。これで一歩、ベガラスクが先んじたことになる。

「ヴァロウ、あなたも宝具がいいですか?」

魔王はヴァロウに尋ねた。

宝具をもらったことよりも、ヴァロウの上に行けたことを喜んでいたベガラスクの表情が、一瞬にして固まる。もしヴァロウが宝具を貸し与えられれば、結局数の上でイーブンになるからだ。

「いえ。まだ俺は宝具を持つに相応しい功績を残したわけではありません」

魔王からの申し出をヴァロウは固辞《こじ》すると、さらに言葉を続けた。

「それに俺が欲しいものは決まっております」

初めて御前で、ヴァロウは顔を上げる。ヘーゼル色の瞳が、薄暗い部屋の中で閃いた。その強い意思を感じさせる輝きに、部屋の中はしんと静まり返る。

魔王は少し声のトーンを落とし、語りかけた。

「あなたがほしいのは援軍ですね、ヴァロウ」

「はい。その通りです。ドライゼル城に戻ったのも、それを自ら請願するために参りました」

「そうですか。わたくしの判断が遅いばかりに……。わかりました。わたくしは今一つ決断をしました。ベガラスク、あなたもよく聞いておいてください」

「は、ははっ！」

宝具の貸与が認められ、舞い上がっていたベガラスクは慌てて膝を突く。

そして若い魔狼族《ワーグ》の副官が頭を垂れるのを見て、魔王ははっきりと口にした。

「わたくしは、ルロイゼン城塞都市の援軍として、第四師団を送ろうと考えています」

「なっ！　魔王様!!」

ベガラスクは頭を上げた。

当然だろう。第四師団とは、ヴァロウを敵視するベガラスクが率いる魔狼族《ワーグ》の師団だからだ。

「そ、そんな！　何故、オレがこいつの援軍に！」

「慎め、ベガラスク。魔王様の決定だぞ」

「引きませぬ。どうか魔王様、ご再考ください！」

ベガラスクは反発し、さらに一歩踏み出る。

【闇の羽衣】が広がる範囲のギリギリまで近づき、声を荒らげた。

「お、オレはムカベスク要塞を落とし、そこから深く人類の勢力圏に侵攻するものとばかり思っていたのです。何故、今――。ルロイゼンに援軍を差し向けるのですか！」

「落ち着きなさい、ベガラスク」

「うっ――――」

魔王本人から放たれた重圧にベガラスクはついに口を噤んだ。ヴァロウも、そして横で膝を突いたドラゴランですら、その額に汗が浮かべている。吸う空気がやけに濃い。まるで殺意そのものを空気と一緒に吸い込んでいるかのようだった。

たまらずヴァロウは襟元を緩める。

「理由はあります。まずあなたの師団は傷つきすぎている。兵の半数を失ったと聞きました。それでは、あなたが言う侵攻作戦もうまくいかないでしょう」

「それは――――」

「加えて、要塞防衛も難しいはずです。ムカベスクがいくら堅固な要塞でも、二〇〇〇の兵で、最前線の人類軍を受け止めるのは、ほぼ不可能に等しいとわたくしは考えます」

「大丈夫です、魔王様。我ら魔狼族《ワーグ》は死など恐れません」

「勇敢なのは結構です。ですが、我ら魔族軍が人類に押されているのは、単純に向こうの数が多いからです。死ぬとわかっている戦さに、兵を投入できるほど、今の魔族に余裕などありません」

「で、では、せめてムカベスク防衛は我らに――」

「魔狼族《ワーグ》は、その機動力において敵中を突破することを得意としますが、防衛戦には不得手なはずです。よって、ムカベスクには第二師団を投入する予定です」

第二師団とは、巨人族《ギガント》を主体とする師団である。攻城戦、籠城戦において力を発揮する魔族だ。

「ですが、ベガラスク……。あなたも承知しないでしょう」

「当たり前です！」

「そこでこういう案はどうでしょうか？　二人に決闘してもらい、負けた方が勝った方の指揮下に入ってもらうのです」

「決闘……ですか？」

「魔族の根本は強さです。強い者が弱い者の上につく。シンプルだと思いますが」

「望むところです！」

ベガラスクは紅蓮の瞳を燃え上がらせ、即答した。澄ました表情のヴァロウを睨む。

「ヴァロウは如何ですか？」

「ベガラスクが良いと言うなら、断る理由はございません」

「では――。準備はドラゴランに一任します。よろしいですね？」

「はっ！　承知いたしました！」

ドラゴランは頭を下げる。

すぐに決闘を行うための証文書が用意された。

人類から見ると、魔族は野蛮な種族に見えるかもしれないが、その社会は意外と契約社会だ。力を誇示するだけで動く者は少ない。サインがなければ、微動だにしない種族もいる。

決闘するという証文書が作られたことにより、両者は逃げることができない。もし証文書に書いてあることを破れば、契約書に刻まれた呪術が発動し、場合によって命を奪うことすらある。

証文に互いにサインし、こうして謁見は終わった。三人は部屋から退出する。

「ヴァロウ、首を洗って待っていろよ」

ベガラスクは捨て台詞を残し、ヴァロウと謁見の間の前で別れた。

すでに勝った気でいるらしい。尻から生えた尾が機嫌良さそうに左右に揺れていた。

「これでいいのか、ヴァロウ？」

「はい。構いません」

「ベガラスクは、頭はあれだが、強いぞ」

「問題ありません」

ヴァロウはただ短く答えるのみだった。


魔族にとって闘争とは、共通する好物である。

己が戦うことはもちろんのこと、他人が戦うのを見るのも彼らは好きだ。

それはどんな美酒にも勝る。特に誇りをかけた戦いほど、崇高《すうこう》で面白いものはない。

互いが真剣になれるからである。

故に、副官同士の決闘と聞いた魔族たちは狂乱していた。

翌日――。魔王城近くにある闘技場の観客席は、魔族で溢れかえっている。地上だけではない。空にも竜に跨《また》がった亡霊騎士や鳥人族《バルチャー》が、決闘開始の合図を待っていた。

むろん、魔王も観戦する。

観客席の中央に特設席が設《しつら》えられ、その周りを【闇の羽衣】が覆っていた。そのおかげで姿を拝見することは叶わないが、そこから手を振り、魔王は観客の声援に応えていた。闘技場はさらに盛り上がる。

その大観衆に囲まれ、闘技場中央に現れたのは二人の若い魔族であった。

「よく逃げずに現れたな、ヴァロウ」

ベガラスクは牙を剥きだし笑う。

白銀の尻尾を鞭のようにしならせ地面を叩くと、対戦相手を威嚇した。

ヴァロウは何も応じない。ただじっとヘーゼル色の瞳を対戦相手に向けている。

その二人の間に進み出てきたのは、ドラゴランであった。

「勝敗は相手を降参させるか、もしくは殺すかだ――以上」

実にシンプルで野蛮なルール説明だった。これが魔族の決闘であり、証文書に書かれた規則である。

しかも魔族はなかなか降参しない。降参すれば、一生そのそしりを受けることになる。故に、決闘には生か死しかないのだ。

それを承知でベガラスクもヴァロウも、証文書にサインをした。

魔王も、どちらかの副官が死ぬかもしれないと覚悟した上での決断である。

そもそも魔族からすれば、この決め事は当たり前なのだ。人間は議論を尽くし物事を決めるが、魔族の多くはそれを愚かだと考える。口で納得したところで、遺恨は残るからだ。ならば、相手の命を断った方がより物事が気持ちよく進む。それが魔族の考え方であった。

「はじめ！」

ドラゴランの怒号が響いた。

同時に大きな銅鑼《どら》が鳴らされるが、観客の声にかき消されてしまう。

最初に仕掛けたのは、ベガラスクだ。

地面を蹴り、ヴァロウに向かって走り出した。

「はぇえな……」

観客席から見ていたザガスが唸る。

その通りだった。下級魔族には、ベガラスクが消えたようにしか見えなかっただろう。

だが、ヴァロウは捉えていた。ベガラスクの初撃をかわす。

ベガラスクの縦の大振りから、強い衝撃波が発生した。

触れてもいないのに、石畳が抉《えぐ》られる。

「ヴァロウ様……」

決闘が決まってからずっとヴァロウを慮《おもんぱか》っていたメトラは、キュッと両手を握る。

対して、初撃をかわされたベガラスクは笑っていた。

「よくオレの初撃をかわしたな」

「見えていたからな」

涼しげに答えるヴァロウの顔には一片の焦りも、恐怖もない。

逆にその無表情が、ベガラスクを怒らせたらしい。

魔狼族《ワーグ》の瞳が赤く濁った。

「ああ！　そうかよ‼」

ベガラスクは踏み込んだ。さらに斬撃を食らわせる。

対して、ヴァロウはよけていた。かわすのは容易い。が、反撃の暇がない。

ベガラスクのラッシュに、観客たちは熱狂した。大きな歓声を上げ、汚い言葉を浴びせる。

【闇の羽衣】の中で、観戦する魔王の手にも力が入っていた。

一方、ザガスは一杯酒を呷ると、やや不機嫌そうに言い放つ。

「ケッ！　何にも知らないヤツにはヴァロウの野郎が苦戦してるように見えるだろうな」

「どういうことですか、ザガス？」

「あれがヴァロウの戦い方なんだよ」

「え？」

「まあ、見ておけよ、メトラ」

酒臭い魔族の世迷い言かといえば、そうではない。

ザガスの言った言葉が現実になる。ベガラスクの打ち下ろしを、ヴァロウが手で防いだのだ。

それは完全にベガラスクの動きを読んでいないとできない防御方法だった。

しかし、ベガラスクは連撃を止めない。

多少体勢が不十分でも容赦なく攻撃をくわえてくる。

トンッ！

突然、涼やかさすら感じる音が、闘技場の中心で響き渡る。

再びヴァロウがベガラスクの攻撃を防いでいた。

しかも、攻撃の発生の前にである。

「てめぇ！」

今度は蹴りを出すが、これもヴァロウの足で止められてしまった。

それでも構わず攻撃を繰り出すものの、ことごとく防がれる。

いや、攻撃の前にヴァロウによって止められてしまうのだ。

その不思議な光景に、観客たちも目を見張った。

いつの間にか、二人の攻撃の順序が逆転して見えていたのだ。

ヴァロウが手を出すと、まるで導かれるようにベガラスクが攻撃を繰り出す。

人類風にいえば、拳闘士と訓練士がミット打ちをしているかのようだった。

今闘技場で起こっていることに、メトラは息を呑む。

「これは……」

「相手の動きを大方見た後、その動きを読んで制する。あれがオレ様たちの指揮官の戦い方だ」

「ベガラスクの攻撃を全部読んでいるということですか？」

「ヴァロウ風に言やぁ。相手の癖や、微妙な筋肉の動きから次の攻撃を予測できるんだと。そのためには、しばらく相手の動きを観察しないとダメだと言っていたがな。まあ、オレ様にはさっぱりだ」

ザガスは少しやけくそ気味に酒を呷《あお》る。ルロイゼン城塞都市での座興《ざきょう》のことを思い出しているのだろう。今闘技場で戦っているベガラスクの動きに、自分を重ねるように見つめていた。

そのベガラスクの間断ない攻撃は続いている。その一撃はすべて鋭い。当たれば、いくら頑丈な人鬼族《ワーオーガ》と言えど、首が吹っ飛ぶだろう。

そんな緊張感の中で、冷静に頭を動かし、ヴァロウは相手の動きを読み続ける。

まさに軍師ならではの白兵戦。いや、最強の軍師と謳われた男の戦術であった。

すると、ずっと防御をしていたヴァロウが動く。一転、ベガラスクの攻撃を大きく弾いた。

「なにぃ!!」

ベガラスクは叫ぶ。攻撃が弾かれたおかげで、その体勢が大きく崩れた。

そこにヴァロウが懐に入り込んでくる。拳打を繰り出そうと、拳を弓のように引いた。

「へっ！」

ベガラスクは笑う。ダンッと地を蹴って、バックステップした。

あっという間に、ヴァロウから距離を取る。

「ふん！　さすがはドラゴラン様、そして魔王様に認められ、副官になっただけはあるな。……だが、オレの攻撃がお前に当たらないように、お前もオレに攻撃を当てることはできぬであろう」

ベガラスクはヴァロウの周りを回り始めた。

速い――。ベガラスクはさらに速度を上げたらしい。

確かに、彼の宣言通り、これではヴァロウから攻撃を与えることは困難だ。

「なるほど。スピードはさすがだな。さすがに対応できん」

「ふん。ようやくオレの実力がわかったか」

「だが、これならばどうだ？」


いでよ、アイギス……。


ヴァロウは呪文を唱える。

途端、風が渦巻いた。淡い緑色の光を帯びながら、ヴァロウの後ろで人型が形作られる。

薄く大きな翅《はね》を伸ばし現れたのは、風の精霊だった。

城内が一瞬、静まり返る。だが、一瞬は一瞬だった。

「「「か、風の精霊だとぉぉぉぉぉおおおお！！！！」」」

魔族たちの叫声が、闘技場に響き渡った。

それは分厚い雲の下にある魔族の勢力圏の中で、一際強く輝いていた。

目撃した魔族たちは、みな呆然とし、それぞれ己の網膜に、神々しい光を刻み付けている。

ヴァロウの後ろで控えるのは、確かに風の精霊であった。

目一杯翅を広げ、薄緑色の光を放っている。

まるで召喚主に戯れるように近づくと、見るものをうっとりとさせるような微笑を浮かべた。

メトラは観客席の欄干《らんかん》に身を乗り出す。

「あれは！　ステバノス様の！」

「あんにゃろぉ。いつの間に、あんなのを使役できるようになったんだ」

ザガスは酒が入った杯を地面に叩きつけると、左肩の古傷をさすった。

その風の精霊は、ヴァロウたちにとって因縁のあるものだった。

風の精霊アイギス——。それはかつて『風の勇者』と謳われたステバノス・マシュ・エフゲスキが、使役していた精霊である。

そして驚いていたのは、観客やヴァロウの仲間たちだけではない。

対峙するベガラスクも神々しい光に目を細めた。

「貴様！　精霊なんていつから召喚できるようになったのだ!!」

「つい最近だ。召喚主がいなくなり、森で彷徨っているところを、俺が捕獲し契約したのだ」

「な!!」

頭の中まで筋肉が詰まっているベガラスクとて、精霊との契約が難しいのは知っている。

精霊は気まぐれだ。よほど契約主を気に入られなければ、契約しない。どれほど強くともである。

つまりは精霊が気に入るほど、ヴァロウに魅力があったということだ。

ベガラスクは、何か一つ『負けた』ような気がして、その場で地面を蹴った。

その大きな隙を、ヴァロウは見逃さない。

「行け！　アイギス!!」

指示を出す。

アイギスは軽やかな歌声を上げながら、ベガラスクに襲いかかった。

「上等だ!!」

迫り来る風の精霊に、ベガラスクは待ち受けることなく向かっていく。

爪を立て、アイギスに向かって振り下ろした。

「おらぁ!!」

その瞬間、アイギスは縦に割れる。

あっ、と口を開けて、アイギスは戸惑いの表情を浮かべた。だが、その口元はすぐに笑みに変わる。

一度煙のように霧散すると、すぐに元の姿へと戻った。

「なにぃ!!」

「馬鹿が……。精霊相手に物理攻撃が効くものか」

常識を知らないベガラスクに対し、ついヴァロウの言葉に罵倒《ばとう》が混じる。

ヴァロウの記憶によれば、精霊相手に素手で挑んだのは、ベガラスクが初めてだった。

「ちっ！」

ベガラスクは走る。アイギスを無視し、一直線に術者であるヴァロウを狙った。

魔狼族《ワーグ》は速い。魔族の中でも一、二を争うだろう。

『ふふ……』

余裕の表情を浮かべて、アイギスはベガラスクの前に回り込む。

口元を緩めベガラスクを嘲《あざけ》り、微笑んだ。

如何な魔狼族《ワーグ》でも、風そのもののアイギスに、速さで勝てるわけがなかった。

「もうわかっただろう、ベガラスク。アイギスから逃れることはできん」

「はっ！　なら、お前らはオレを倒せるのかよ！」

それでも、ベガラスクの戦意は落ちていない。

馬鹿にされた怒りによって、むしろ増しているように思えた。

「なら、そうさせてもらおう……。アイギス！」

新たな主の声を聞いたアイギスは、真空の刃を放った。

かつてザガスを苦しめた風の刃である。

高速で打ち出されるそれを回避するのは難しい。

それでもベガラスクは器用によけていた。

だが、連続射出され、逃げ場を失う。

三本の刃が、とうとうベガラスクの肉を抉った。

「うぉおおおおおおおおんん!!」

ベガラスクは吠える。

アイギスの刃は、魔狼族《ワーグ》の身体を容赦なく切り裂いた。鮮血が飛び散り、その動きが鈍る。

同胞が切り刻まれてもヴァロウは手を緩めようとはしない。

ベガラスクの動きが鈍ったことに気付くと、さらにアイギスに指令を送った。

ジャッ!!

風の刃がベガラスクの肉を削ぐ。

綺麗な白銀の毛がたちまち鮮血に染まるも、ベガラスクは立っていた。

荒い息を吐き出しながら……。

「へぇ……。根性あるじゃねぇか」

どこか嬉しそうにザガスは笑う。

そのザガスに風の刃は通じなかった。少なくとも今のベガラスクのように致命傷を負い、動きが止まるということはなかった。

何故、効果に差が生まれたのか……。

一つは交信者《こうしんしゃ》が違うことである。精霊の力は交信者の魔力の強さによって決まる。

今、操作しているのはヴァロウだ。その魔力量は、前交信者だったステバノスの遥か上をいく。

しかも人間だった頃もその魔力量は目を見張るものがあったにもかかわらず、魔族に転生したことによってより強大になっていた。

もう一つは、相性である。

魔狼族《ワーグ》はその俊敏性において、他の魔族の追随を許さない。一方、防御力という点では脆《もろ》さが目立つ。対して、人鬼族《ワーオーガ》は俊敏性においては劣るが、肉体の頑強さは魔族の中でもトップクラスである。

つまり魔狼族《ワーグ》とは、真逆の性質を持つのだ。

ヴァロウの魔力量、魔狼族《ワーグ》の防御力の低さ。

その二点が合わさり、結果ヴァロウがこの勝負を有利に進めていた。

「ベガラスク、降参しろ……」

ヴァロウは攻撃を緩め、降参を促す。

もはや勝負はあった。ベガラスクはアイギスに対して全く対応できていない。

結果は、血に染まったベガラスクの身体を見れば、一目瞭然であった。

それでも第四師団の師団長としての矜持《きょうじ》か。ベガラスクは決して膝を折ることはなかった。

白銀の毛を血に染めながらも、薄く笑う。

「オレは負けん……」

その時のベガラスクの顔は、会場の空気を凍り付かせるに十分だった。

一歩……。一歩……。ベガラスクは、まるで怨讐《おんしゅう》を刻むようにヴァロウの方へ歩いていく。

「オレは死んでも、お前に『降参』などせん！　絶対にだ‼」

魔狼の遠吠えが会場に響き渡ると、ビリビリと闘技場の空気を震わせた。

観衆たちは熱狂する。それはベガラスクの強い気持ちに呼応したのではない。

単純に殺戮ショーが見たいがためである。

とはいえ、ドラゴランが試合を止めることはない。この勝負が行き着く先は、降参か死のどちらかである。すると、ヴァロウは「はあ……」と息を吐いた。

「仕方がない。この手は使いたくなかったのだがな……」

ヴァロウはやれやれと首を振った。

つかつかと軍靴を鳴らし、ベガラスクの方へ近付いていくと、服の内側に手を突っ込んだ。

何かヴァロウが企《たくら》んでいるのは明白である。

その雰囲気を悟った観衆は、ヴァロウの次の手に注目した。

ベガラスクも手をこまねいて見ていたわけではない。射程距離に来た瞬間、最後の力を使って、ヴァロウを切り刻んでやろうと企み、爪を研いだ。

そして、その瞬間はやってくる。

「死ねぇえええええええ!!」

ベガラスクは爪を振り上げる。

だが、ヴァロウは華麗にかわした。

すかさず服に入れていた手を抜く。何かの武器か……。皆がそう予想した刹那、あろうことかヴァロウはそれをベガラスクの大きな口に突っ込んでいた。

すぐに手を抜き、間髪入れずにこう言い放つ。

「よく噛め……」

ヴァロウが何を言っているのか、ベガラスクはすぐに理解できなかった。

だが、同時に口内に香ばしい匂いが広がっていくのを感じる。

たまらずベガラスクは口の中にあるものを噛み砕いた。

「ふぉおおおおおおおぉぉぉぉぉぉぉんんんん……」

魔王の副官とは思えない、なんとも甘い声を上げる。すると、夢中で咀嚼《そしゃく》し始めた。

「な、なんだ、これは!! 絶妙な塩加減！ ほくほくした肉厚の身。ふわっと広がっていく香りは一体なんだ？ この不思議な香りは!!」

「それはおそらく海の香りだ」

「海？ 貴様、オレに海の物を食わせたのか？」

基本的に魔族は海にあるものを忌み嫌う。それは海の魔物に対する認識からもわかるだろう。海は穢《けが》れているという差別意識は、両者の争いがなくなった今でも陸の魔族に根強く残っている。ベガラスクほど矜持の高い魔族ならば、尚更だった。

しかし、ベガラスクは咀嚼することを止めようとはしない。

やがてごくりと飲み込み、名残を惜しむように牙についたわずかな塩気を舐め取った。よほど満足したのだろう。先ほどまで戦っていた魔狼族《ワーグ》とは思えないほど、穏やかな顔をしている。血染めの尻尾も心なしかもふもふになっていた。

だが、柔らかかった表情は突如硬くなると、ビッとヴァロウに向かって指を差した。

「き、貴様!! 一体オレに何を食べさせた!!」

「顔が赤いぞ、ベガラスク。そんなにおいしかったか？」

「むぐっ！ ふ、ふん！ 別にこ、こんなもの！ おいしくなんて……」

慌ててベガラスクは耳を隠し、否定するがもう遅い。内耳の裏まで真っ赤になり、尻尾を機嫌良さそうに振っているのを、観客席の魔族全員が目撃していた。

「気に入ってくれて何よりだ」

「う、うるさい。それよりも一体何を食べさせたのだ、オレに」


「焼き魚だ」


「焼き……魚だと…………。さ、魚とはあの海にいるというよわっちぃ生物のことか」

「そうだ」

「貴様、オレに海の物を食べさせた上に、あんな弱い生物を……」

「でも、おいしかっただろ」

「う!?」

たまらずベガラスクは口を噤《つぐ》む。

真っ向から否定してやりたいところだが、正直に言うとうまかった。

けれど、「うまい」と言えば、それはヴァロウの言葉を認めたことになり、まるで「降参」と言っているように思えて、ベガラスクはどうしても口にできなかった。

「うまい!!」

突然、大声が横から聞こえる。何故かドラゴランが、例の焼き魚を咀嚼していた。

どうやら、ヴァロウが渡したらしい。

「初めて海の物を食べたが、焼き魚とはこんなにおいしいものなのか……」

ドラゴランは感動していた。

すると、ヴァロウはパチンと指を鳴らす。

観客席の脇から、突然スライムたちが現れた。ぴょんぴょんと跳ねながら、観客の前に立つと、串に刺さった焼き魚を差し出す。ほとんどの魔族が海の物を食べるのが初めてだった。手を付けないものもいたが、大半の魔族が焼き魚から漂ってくる香ばしい匂いに抗えず、スライムから受け取る。

恐る恐る口を開けて、頬張《ほおば》った。

「「「「うまい!!」」」」

叫びと言うよりは、もはや怒声に近かった。

観客たちの声が揃う。そして夢中になって焼き魚を食べ始めた。

歓声や怒号は途絶え、かさかさという食音《しょくおん》だけが闘技場に響き渡る。

「あら……。おいしいわ」

唸ったのは、魔王である。

【闇の羽衣】のせいで表情こそ隠れて見えないが、声は明るい。

もぐもぐという咀嚼音が、【闇の羽衣】の向こうから聞こえてきた。

闘技場から戦場の気配がなくなっていく。

「な、なんだ……。一体何が起こっているんだ」

その雰囲気に一番戸惑っていたのは、当のベガラスクであった。

その前に、対戦者であるヴァロウが進み出る。

「ベガラスク、俺から一つ提案がある。聞け……」

「提案だと！　ここは会議室ではない！　闘技場だ！　提案など聞いている場合では——」

「もし、第四師団が第六師団の援軍となってくれれば、この焼き魚を毎日食べさせてやろう」

「な！　毎日だと!!」

「ああ。そう契約を取り交わしてもかまわない。どうだ？」

「け、契約……。いいいいや、待て待て。それでは、オレが魚ほしさにお前に従属したようなものではないか。そ、それにな！　オレの第四師団はとても精強だ。こんな魚ごときで、なびくような……」

ベガラスクは第四師団の兵たちが座る観客席の方へ振り返った。

だが、そこに精強で表情一つ変えない部下たちはいない。まるで猫のように背を丸めて、夢中で焼き魚を頬張る魔狼《ワーグ》族たちの姿があった。

メトラの饗応《きょうおう》を受け、目の前の美女よりも完全に焼き魚の虜になっている。

「き、貴様ら！　何を食べている!!」

「す、すいやせん！　師団長！」

「で、でも焼き魚、うまいッス!!」

「これが毎日食べられるなら、援軍に行く！」

「第四師団抜けてでも参加したいぜ」

完全にヴァロウの術中にはまっていた。

それどころか――。

「マジか！　これ、毎日食べられるのか⁉」

「だったら、うちの師団が行こうかな」

「いや、うちが行く！」

「いーや、うちだ！」

とうとう観客たちが言い争いを始めてしまった。

「だったら、わしが行っても……」

ドラゴランまで呟く。

だが、こほんと咳払いし、「い、今のはなしだ」と撤回して、目の下を赤く染めた。

ベガラスクだけが呆然としている。魔族の矜持と結束が、たった一つの食べ物に翻弄《ほんろう》されていた。

「ベガラスク、もう一本食べるか？」

ヴァロウはまた焼き魚を取り出してみせた。

ベガラスクの赤黒い目が一瞬爛々と輝くが、強烈な自制心によって伸ばした手を押さえつける。

それでも、焼き魚の魔力には抗えないらしい。

「わかった……。その契約を結ぼう……」

ベガラスクは差し出された焼き魚を受け取るのだった。

「まさか、あの気位の高いベガラスク様が、食べ物で折れるとは思いませんでしたわ」

闘技場を辞し、ヴァロウはメトラ、ザガスと合流すると、暗い通路を歩いていた。一仕事を終えたヴァロウは、勝利の余韻に浸ることなく、次の仕事をしようと自分の書斎を目指している。激戦の後だというのに、再び書類整理を始めるつもりでいた。

これからあの第四師団を迎え入れることになるのだ。色々やらなければならないことが山積している。それに比べれば、食事を毎日焼き魚にすることなど難しいことではなかった。

「まあ、あの焼き魚には、それだけの魅力はあるわな」

ザガスはベンと腹を叩き、牙に挟まった魚の身を取っていた。

他の魔族と同じく、焼き魚を貪《むさぼ》っていたらしい。

「それもあるが、他にも理由がある」

「どういうことですか、ヴァロウ様？」

「食糧問題だ……」

今、魔族は慢性的な食糧不足に陥《おち》っている。

領土が半分以上も失われたのだ。それは同時に、食糧を生産する場所も失ったことになる。その分、兵力も落ちたが、今軍事に人を回しているため、食糧供給量が大幅に下がっていた。死霊族《ワイト》の多い第三師団を除けば、どこの師団も食糧について頭を悩ませており、すでに不満も噴出している。

そこに来て、ヴァロウのあの提案である。

師団長や食糧補給の担当者にとっては、まさしく垂涎《すいぜん》の提案であったのは間違いない。

第四師団師団長ベガラスクも、食糧が喫緊《きっきん》の課題であることを理解していた。

戦う前に飢えで死ぬなど以ての外だ。それ故に、ヴァロウの提案は焼き魚の味以上に魅力的だった。

師団の未来を思うからこそ、ベガラスクは己の矜持を捨て、師団長として食糧の確保を選んだのである。

そう。最初から勝負はついていた。

いや、すべてはヴァロウの手の平の上であったのだ。


第六師団の援軍が、第四師団に決まり、いよいよヴァロウの周りも慌ただしくなってきた。

ヴァロウは私室で政務に励み、ルロイゼン城塞都市に戻った時の編成を考える。

すると、ヴァロウは呼び出しを受けた。

相手はドラゴランでもなければ、他の副官でもない。魔王本人からだ。

早速謁見の間に向かう。いつもならドラゴランが付き添いでいるのだが、今日はいない。呼び出されたのは、ヴァロウだけだった。

またあの薄暗い部屋に通される。周りに視線を送るが、誰もいない。護衛すらいなかった。

本当にヴァロウ一人らしい。

「ヴァロウ、近くへ……」

魔王の声にハッとする。前を向くと、【闇の羽衣】が晴れていた。

暗がりのため、まだ魔王の姿は見えない。青白く、むっちりとした足だけが、まるで男を誘うように闇の中で浮いている。

ヴァロウは無表情のまま進む。魔王に言われるまま近づき、いつもの距離で膝を折った。

「魔族軍第六師団師団長ヴァロウ、参上いたしました」

「ヴァロウ、近くへ」

同じ言葉が聞こえた。

ややいぶかりながらヴァロウは一歩前に進む。

「もっと近くへ……」

また一歩進む。

「もっともっと……」

思い切って、二歩進んでみた。

それでも――。

「もっともっともっと……」

と魔王から指示が飛ぶ。いつしかヴァロウは魔王のすぐ側まで寄っていた。

「まあ、それぐらいでいいでしょう」

唐突に魔王は玉座から立ち上がると、自らの足でヴァロウの方へと近寄ってきた。

ヴァロウは身を強張《こわば》らせ、警戒する。さすがの軍師も、この事態は想定外だったのだ。

魔王の不穏《ふおん》な動きを見て、ヴァロウの頭には様々な憶測が浮かんだが、どれも現実的ではなかった。

もしかしたら、自分が元人間のヴァロウだとバレたのか——と脳裏をよぎったが、もしそうなれば魔王ではなく、ドラゴランがヴァロウを呼んだであろう。

結局、色々理由を考えてみたものの、どうも思考能力が鈍っているらしい。真っ当な答えは出てくることはなかった。

そして、薄闇から魔王は現れる。

腰まで広がった薄桃色の髪。ゆるやかな曲線を描いた金色の瞳。弾けんばかりの大きな胸は魅惑的に揺れ、細いくびれはそっと手を伸ばしたくなるほど艶《つや》めかしい。ドレスを横から裂いたような奇抜な衣装は、前と後ろで表面積がまるで異なっており、豊満な肢体が露わになっていた。

こう表現すると、まるで娼婦のように思えるだろうが、まさにその通りであろう。

頭を覆うように巻いた角と、力強い竜の翼がなければ、ヴァロウとてそう認識したかもしれない。

だが、纏《まと》う空気は他の魔族とは全く異なる。

地面に杭を刺したように堂々としており、こちらが抱きかかえられているような包容力を感じる。

これが魔族の頂点……。

魔王ゼラムスの姿である。

「久しいですね、ヴァロウ」

「久しい？」

「あ……。そうですね。一昨日、ここで会いましたものね。……つまり、わたくしが言いたいのは、こうして【闇の羽衣】を解き、あなたの前に現れたことが、久しぶりと言ったのです」

「そういうことでしたか……。思慮《しりょ》が足らず、申し訳ありません」

ヴァロウが深く頭を垂れると、ゼラムスは慌てて手を振った。

「良いのですよ、ヴァロウ。そう畏《かしこ》まらなくても……」

「いえ。そういうわけには……」

ヴァロウは姿勢を改めようとはしない。

すると、ゼラムスは少しキョトンとした後、プッと噴き出した。

「相変わらず頑固ですね、あなたは。わたくしが命令すると、たいていの魔族は言う通りにしてしまうのですが……」

「…………」

「……こうして面と向かって話すのはいつぶりでしょうか、ヴァロウ？」

「おそらく二年前の撤退戦以来かと……」

「そうですか？　あれからもう二年も経つのですね。副官の仕事は大変ではありませんか？」

「いえ。すべては魔族の繁栄のため。そして魔王様のため。苦しくなどございません」

「連日、政務に励んでいると聞きましたよ。疲れてはいませんか？」

「心配していただきありがとうございます。この通り問題ありません」

「本当に？」

「はい。魔王様の前で嘘は申しません」

ヴァロウはあくまで表情も言葉も硬く、応答した。

魔王に忠誠を誓う部下としては、満点の回答であっただろう。

しかし、何故かゼラムスはお気に召さなかったらしい。むぅと頬を膨らませ、眉間に皺を刻む。すると、何を思ったのか。ゼラムスはペタリと大きな尻を床につけ、座ってしまった。

次々と予測不能な動きをするゼラムスに、さしもの最強軍師も慌てる。

「ま、魔王様！　何をなさっているのですか。床は汚のうございます」

「大丈夫ですよ。毎日スライムたちが床に付いた汚れや小さな細菌まで食べてくれています。食堂のテーブルよりも綺麗ですよ」

ゼラムスは綺麗さをアピールするかのようにつぅっと指先で床を舐めた。「ほらね」と床に埃も汚れもついていないことをアピールする。

次にゼラムスは床の上で正座の姿勢を取った。むちむちした太股が、握り飯のように並ぶ。

すると、ゼラムスはその太股をペチペチと手で叩いた。

「さあ――！」

また何かゼラムスはアピールするのだが、ヴァロウは全くわからなかった。ただ首を傾げ、困惑するしかない。何かの儀式かと思い、覚えている知識の範囲内で検索してみたが、魔族にも人類にも該当するものは見当たらなかった。

（もしかして、魔王特有の何かなのか？）

人類はおろか、魔族の中ですら魔王の生態について知られていない部分が多い。

魔族になって十五年の若いヴァロウが知る由もなかった。

「何をしているのです？」

「え？　あ、いや……。その――」

「ん？　もしかして膝枕を知らないのですか？」

…………。

え？

「今、なんと？」

「膝枕ですよ。ひ・ざ・ま・く・ら・！」

ゼラムスは常用語で五文字、古代語で十文字の言葉をはっきりと口に出して言った。

（膝枕!!）

ますますヴァロウは戸惑っていた。

いや、膝枕を知らないわけではない。

子どもの頃、よく孤児院のシスターにやってもらったものだ。

たまにメトラに耳掃除をしてもらう時に、そういう体勢になることもある。

人鬼族《ワーオーガ》の耳は人間よりも大きいため、ゴミが溜まりやすいのだ。

（し、しかし何故に今、膝枕なんだ？）

ヴァロウが逡巡《しゅんじゅん》していると、ゼラムスから催促《さいそく》がかかった。

「どうしました？　魔王のわたくしが許可しているのです。それとも命令しましょうか？」

ゼラムスはキッとヴァロウを睨む。

その時になって、ようやくヴァロウはゼラムスが何故か怒っていることに気付いた。何か粗相をしただろうか。得意の思考をフル回転させるものの、やはり当を得ない。

ただずっと迷っていても仕方がない。如何に最強軍師のヴァロウであろうとも、今ゼラムスの機嫌を損ねるわけにはいかなかった。

「よろしいのですか？」

「はい……」

ゼラムスの顔に、ようやく笑みが浮かぶ。

何かの罠かと思うのだが、ドラゴンの穴に入らずんばドラゴンを得ずという言葉がある。

とりあえず指示に従うため、ヴァロウも床に尻をつけた。慎重に身体を傾け、そしてゼラムスの太股に頭を着地させる。

（柔らかい……）

ゼラムスの肌の柔らかさもさることながら、その太股がヴァロウにとって絶妙な位置にあり、頭が吸い付くようだった。

あれほど混乱していた頭が真っ白になっていく。何も考えられない。気持ち良く、自然と身体が弛《し》緩《かん》していくのがわかった。すると、何か魔法にかかったかのように瞼《まぶた》が重くなる。

魔王が何か魔法を使った形跡はない。魔眼系の能力かとも考えたが、そうでもなかった。

単純にヴァロウの眠気から来るものだ。

「気持ちいいですか、ヴァロウ？」

「は、はい……」

「それは良かった。では、このままお眠りなさい」

「いえ……。しかし、俺にはせぇ……む…………が…………」

ぷつりと意識が途切れる。

すぅすぅと寝息を立てて、ヴァロウは眠ってしまった。


ヴァロウが疲れていることは、一目見てわかった。

それは致し方がないことではある。撤退戦から二年。その間、ヴァロウは常に全力疾走を続けていた。いや、そのずっと前から走っていたのかもしれない。だから、もし今度二人っきりで会うことがあらば、ヴァロウを休ませようとゼラムスは決意していた。

きっかけはある魔族からの嘆願である。

「メトラ……。そこにいますね。お入りなさい」

ゼラムスは声をかけると、大扉の向こうからヴァロウの補佐役であるメトラが顔を出した。

謁見の間に入室し、数歩も歩かぬうちに膝を突く。副官でもない者が、この謁見の間に入ることとなど、恐れ多いことなのだ。

「この度は、私のような下賤《げせん》な魔族の嘆願を聞いてくださりありがとうございます、魔王様」

「良いのです。わたくしがこうして迫らない限り、ヴァロウはずっと走り続けたことでしょう」

ゼラムスは手でそっとヴァロウの髪を梳《す》く。

黒い髪は子どものように柔らかい。規則正しい寝息を聞きながら、ゼラムスはヴァロウの寝顔を愛おしそうに見つめる。それは魔王という存在からは遥かに遠く、慈愛に満ち溢れていた。まるで聖母のようである。

「ヴァロウは良い部下を持ちましたね。これからもよろしくお願いします、メトラ」

「はい。ありがとうございます、魔王様」

「それにしても、少し大きくなりましたね、ヴァロウは」

「もう二年ですからね。あの撤退戦から……」

「はい。今でも覚えていますよ。彼がまだ第六師団の師団長ではなく、その補佐であった時のことを」

ゼラムスはまた目を細める。

その目は遠い――――かつての魔王城ラングズロスの会議室に向けられていた。

✦ Episode. 06 ✦

✦ Vallow of Rebellion ✦

Jyokyukizoku ni Bousatsu Sareta Gunshi ha Maou no Fukukan ni Tensei shi, Fukushu wo Chikau

それは約二年前に遡る。

当時、最前線の要であったルロイゼン城塞都市を占領した人類軍は、勢いそのままに魔族領に雪崩れ込んだ。ルロイゼンの英雄と言われた軍師――ヴァロウ・ゴズ・ヒューネルを欠いた人類軍であったが、大きな戦さにおいて破竹の二十連勝を遂げ、魔族領を一気に制圧、支配下に置くことになる。

その立役者となったのが、一人の勇者の存在だ。

ヒストリア・クジャリク。

彼女はその当時において、最強と謳われた勇者であった。

その特筆すべき能力は『毒』。

あらゆるものを一瞬にして殺せることから、ヒストリアは『毒の勇者』と呼ばれ、敵である魔族はおろか仲間である人類からも恐れられていた。

ヒストリアの能力は、生き物の肉体だけでなく、魔法やその道具の効果すら消滅させてしまうことから、魔王の絶対防御【闇の羽衣】ですら消してしまうのではないか、という憶測が流れると、魔族たちは一層戦々恐々とした。

やがてヒストリアが率いる人類軍第五部隊は、当時の魔王城であるラングズロス城まで五日という距離に迫る。

当時、ヒストリアを止められる者はいないのではないか、と思われていた。実際、その頃の第三、第四師団の師団長が為す術なく殺されている。魔族軍の中でも比較的兵力が豊富な第三、第四師団の壊滅は、魔族軍に深刻な戦力不足を呼び込む。あっという間に魔族軍は、窮地の真っ只中に立たされる事態となったのだ。

これを受けて、魔王城では魔王ゼラムスが参加しての御前会議が開かれていた。

そこで提起されたのは、魔王城からの撤退作戦である。

魔王ゼラムスを一度安全な場所へ退避させた後、反攻の機会を窺《うかが》う。退避場所は、西にある古城ドライゼル城。海と山に囲まれ、道中は道幅の狭い三つの街道を通過するしか移動経路がない。加えて防衛がしやすく、肥沃《ひよく》な土地もある。反攻の機会を見極めるには、打って付けの場所であった。

その理路整然とした作戦を立ち上げたのは、第六師団師団長補佐ヴァロウである。

必要なことを、シンプルにかつ論理的に説明を終えると、黒板に向かった身体を上司たちが並び座る大テーブルへと翻った。

「馬鹿か、貴様は!!」

どんと机を叩いたのは、魔王の副官にして第六師団師団長ゴドラムである。

つまりはヴァロウの直属の上司だ。

当時、ゴドラムの力は副官の中でも絶大だった。年と実績においては、同じ魔王の副官のドラゴランが上であったが、戦歴の華々しさで言えばゴドラムが上であった。

ドラゴランとゴドラム——この二枚看板が、時にいがみ合いながらも、これまで魔族軍を引っ張って来たのである。

そのゴドラムは四本の牙が突き出た口を開き、ヴァロウを怒鳴りつけた。

「撤退など以ての外だ!! 貴様がどうしてもと言うから、御前会議に出席させてやったのに……。撤退作戦とはなんだ!?　貴様、ワシの顔に泥を塗るつもりか!!」

　ゴドラムが声を響かせる度に、周囲の空気が震えた。

　その苛烈な言葉と声量に、普段は仲の悪いことで知られるドラゴランも呼応する。

　腕を組み、神妙な面持ちで一つ頷いた。

「ゴドラムと同じ意見というのは忌々《いまいま》しいが、全くその通りだ。まさかこのラングズロスから撤退するなどという言葉を、御前会議で聞くことになるとはな」

　ヴァロウを一睨みする。

　この時、ヴァロウはまだドラゴランとはほぼ初対面にあり、まだ信頼関係が構築されていない時期だった。

　ドラゴランはゴドラムと比べて静かであったが、怒りの具合はさほど変わらない。その怒気はビリビリと肌を刺し、ヴァロウに伝わってきていた。

　一方、ドラゴランの意見を聞き、ゴドラムは大きく頷く。

「全くだ！　人類に背を向けて逃げるなど、言語道断だ!!」

「尻尾を巻いて逃げるのではありません。最終的に勝利するための布石だと考えていただきたい。それに『毒の勇者』によって、すでに二人の副官の方々が戦死しております」

「なんだ？　ワシらも死ぬと言いたいのか!!」

「策がなければ、勝てないと申し上げているのです」

「策などいらんわ。正面突破でうち砕いてくれる」

『毒の勇者』の能力をお忘れになられたのですか？」

「知っておるわ。だが、その能力が発動する前に、叩きつぶせばよい！」

「それができなかったから、他の副官の方々は亡くなったのですよ」

第四師団の魔狼族《ワーグ》はスピードを以て、その能力を封じようとした。だが、その前に能力が発動され、もがき苦しみ、一撃も入れられずに死んだ。第三師団の死霊族《ワイト》は、強力な魔法によって『毒の勇者』の力を封じ込め緒戦《しょせん》は善戦する。が、最終的にその魔法効果すら殺され、最終的に師団はヒストリアと人類軍第五部隊に壊滅させられた。

個々の能力だけでは、『毒の勇者』は攻略できない。かくなる上は、魔王自身にご出陣いただくことだが、魔王の副官たちはその話になると、途端に口を閉ざした。

ヴァロウとゴドラムは、部下と直属の上司という間ながら、会議場で激しく火花を散らす。

しかし、ドラゴランはおろか、他の二名の副官たちもゴドラム側だった。

やはり徹底抗戦を訴える。

孤軍奮闘するヴァロウを、援護したのは思いも寄らぬ相手であった。

「皆、聞きなさい……」

【闇の羽衣】の向こうから声が聞こえる。

その主は魔王ゼラムスであった。

「このヴァロウなる者……。とても優秀な人鬼と感じました。良い部下を持ちましたね、ゴドラム」

「は……？　あ、いえ……。ありがとうございます、魔王様」

「ヴァロウは、これ以上の被害を抑えるために撤退作戦を立案してくれました。これは魔族を守るためです。魔族の代表として、捨て置くことはできません」

「し、しかし……。人族どもに背を向けるなど……」

「採用しろとは言いません。ただ蔑《ないがし》ろにはするな、とわたくしは申しているのです」

「わかりました、魔王様」

応じたのは、ドラゴランだった。再び副官の方に向き直る。

「では、これからヴァロウが提案した作戦をもう一度検証しよう。ヴァロウはもう下がってよい」

「……わかりました」

ヴァロウは一瞬何かを言いかけたが、素直に引き下がることにした。邪魔者として排除されたことは、明白である。ドラゴランは検証と言葉を濁《にご》したが、ヴァロウの提案が通ることなどないだろう。

ゼラムスが味方になってくれたのが、せめてもの救いである。

だが、ゼラムス一人でどうにもならないだろう。

魔王という立場は、人間で言う「王」とは少し違うらしい。人間で言う王は、すべての権限を有している。時に戦場へ出て、指揮をし、気質によっては自ら剣を振るう者もいる。

だが、魔王ゼラムスはそうした動きを見せたことは一度もない。軍事作戦会議に出席こそするが、意見を出したことはないし、作戦を発令することすらしない。それらはすべて魔王の副官の役目であった。

以前、ゴドラムに聞いたことがあるが、魔王とは『象徴』なのだという。

ただそこにあって、魔族が守らなければならない存在。そのためなら、魔王本人の意見や権限すら、無意味であることもしばしばだ。守る者のために、守る者の意見を蔑ろにする。それが魔族の習性なのか、人間にとっては理解しがたい考え方だった。

いずれにしろ、撤退作戦は否決されるだろう。

だが、この時からヴァロウの策略は始まっていた。そう。すでにこの会議室にいる魔王ゼラムス及び副官たちは、ヴァロウの手の平の上で踊り始めていたのである。

ヴァロウは御前会議が行われている部屋の前で待った。

さほど時間はかからず、会議室の扉が開け放たれる。大きな砲弾のように飛び出してきたのは、ヴァロウの上司であるゴドラムだった。

その上司は「まだいたのか」と鼻頭に皺《しわ》を寄せると、部下の出迎えを無視して、廊下を歩き始める。その後をヴァロウは追いかけた。

「会議は如何でしたか？」

「如何でしたもこうもない！　徹底抗戦に決まっておろう！　今すぐに出て、第六師団の力を見せつけてくれるわ！」

「今から出陣を？　お待ちください。『毒の勇者』は強い。撤退を考慮に入れるべきです。魔王様も同調なさっていたではありませんか！」

「魔王様に少し褒められたぐらいで、つけあがるなよ、小僧！」

ゴドラムは振り返る。

大きな声で叫ぶと、それは一陣の突風となり、ヴァロウの髪を揺らした。

すると、ゴドラムはハッとなって顔を上げる。何かに気付くと、たちまち顔色を変えた。

「お前、まさか魔王様と通じているのではないのか？」

「何を言って――」

「魔王様とて、魔族のメスよ。可愛い顔をした人鬼とあらば、寵愛したくなるのは道理であろう」

「俺は今日、初めて魔王様にお会いしたのです。それに、その発言は魔王様に対する侮辱――」

「うるさいぞ、小童が!!」

ゴドラムはヴァロウの胸倉を掴んだ。人鬼は赤鬼となって、自分の部下に怒りをぶつける。

しかし、ヴァロウも一歩も引かなかった。

自分の身が危ないというのに、内心でため息を吐く。

（やれやれ……）

いつもこうなのだ、この上司は。

直情的で、無鉄砲。軍事においては、まるでバカの一つ覚えのように中央突破を繰り返す。その度に、受けなくていい損害を被る。敗北すれば、気持ちが足りていないと部下を叱りつけ、お決まりの精神論を振りかざす。補佐役のヴァロウの意見など、聞いた試しがないのだ。

挙げ句に上司《まおう》に対する性的言動である。

おそらくゴドラムの頭の中には、筋肉と根性、性欲しか入っていないのだろう。

「なんだ、その反抗的な目は――――！」

ゴドラムはさらにヴァロウをねじり上げる。

（やはり、そうなるか。致し方ない）

ヴァロウは一つの決断を下す。

そのためには、まずこの危機を脱する必要があった。

（ゴドラムの力は強い。――――が、技がない！）

瞬間、ヴァロウはゴドラムの手を取った。伝わってくる力に逆らわず、逆にそれを利用する。まるで水のようにゴドラムに密着すると、軽々とその巨体を投げ飛ばした。

轟音が魔王城の廊下に響き渡る。

ゴドラムは背中を強打した。が、人鬼の肉体は鋼そのものである。多少のダメージはあろうが、ゴドラムが悲鳴を上げることはなかった。むしろ自分が投げ飛ばされたことに驚き、ポカンと天井を眺めている。

だが、ショックを受けていたのは、わずかな時間でしかなかった。

「貴様ぁ!!」

ゴドラムは雄叫びを上げた。

すぐに立ち上がると、ヴァロウの方へ突進してくる。

速さはなく、目線の動きから何をしようとしているか丸わかりだった。

これが、魔王の副官かと思うと、呆れて何も言えない。

心技体、すべてにおいて最悪な上司であった。

勝負は一瞬だった。

ゴドラムは利き手を伸ばし、掴みかかろうとする。

だが、ヴァロウはすでにその攻撃パターンを予想していた。

補佐として、ただ黙って付いていていたわけではない。

ゴドラムの数少ない動きのパターンは、すでにヴァロウの頭の中に入力されていた。

ヴァロウはゴドラムの手をあっさりとかいくぐる。

脇に潜り込むと、ゴドラムの横っ腹に拳打を突き入れた。

人鬼族《ワーオーガ》の身体の構造は、人のそれと酷似している。急所の位置も、ほぼ変わらないのだ。

「ぐはあっ!!」

ヴァロウの拳が深く突き刺さり、ゴドラムは悶絶する。瞬間、顎が下がった。

上司と比べて一回り小さいヴァロウにとって、絶好の位置に頭が来る。

間髪入れず、顎の急所に拳打を突き入れた。

その衝撃は凄まじく、ゴドラムの筋肉と根性、そして性欲が詰まった脳を激しく揺らす。

ぐるりと白目を剥く。巨体はゆっくりと後ろに倒れ、大きな音を立てた。

「何をしておるかぁ!!」

背後から慌ただしい足音が聞こえた。

竜の断きにも似た大声を上げたのは、ドラゴランである。

その後ろに他の副官の姿もあった。

「な！　これは――――！」

ドラゴランは現場に来て、息を呑む。

ヴァロウと、倒れたゴドラムを交互に見比べた。

「まさかヴァロウ、貴様がやったのか？」

「はい……」

ヴァロウは頭を下げ、膝を折った。

後ろの副官たちも、その返答を聞いて目を剥いている。

沈黙するドラゴランの様子を見て、ヴァロウは「少しやりすぎたか」と考えたが、聞こえてきたのは豪快な笑い声だった。

「がはははははははっ！　やるではないか！　まさかゴドラムが負けるとはな」

そう言って、ドラゴランはヴァロウの頭を二回叩く。ドラゴランは軽く叩いたつもりであろうが、ヴァロウにとってはそうではない。首が胴の中に埋まりそうだった。

人類社会において、部下が上司に手を挙げることは許されざる行為であろうが、ここは魔族社会だ。その気になれば、暴力一つでのし上がることができる。むしろ、その行為は魔族的だと言われ、時にこのように称賛を受けることがあった。

さらに言えば、人類社会であれば上司の報復を恐れるものだが、逆に魔族社会ではその行為こそ忌避される傾向にある。ヴァロウが上司を倒したからと言って、その地位を剥奪《はくだつ》されることも、再び暴力で訴えられることはないのである。

「大方予想は付くが、どうしてこうなったのか理由を述べよ」

「恐れながら……」

ヴァロウは経緯を話す。ゼラムスに対する侮辱発言についてはは伏せた。

不敬罪となり、ゴドラムがなんらかの処罰を受けることになれば、身動きが取れなくなる。

ゴドラムは優秀な道化師だ。まだまだ手の平で踊ってもらわなければならない。

ヴァロウの説明を聞いたドラゴランは頷いた。

「やはりそうではないか、と思っておったわ。余程血が上っておったのだろう。頑固だのぅ、こやつも……。まあ、それはお主もだがな、ヴァロウ」

ドラゴランはゴドラムの頭を軽く足の先で小突く。しかし、意識が戻ることはなかった。

すると、涼やかな声音が廊下に響く。

「どうしました、騒がしいですね」

「ま、魔王様!!」

【闇の羽衣】を解いた魔王ゼラムスが、薄桃色の髪を揺らして現れる。

ドラゴラン以下、副官たちは慌てて膝を折った。ヴァロウも呆然とする。

この時初めてヴァロウはゼラムスの全貌を目撃した。

（これが、魔王か……）

見た目は豊満な肢体を見せびらかした娼婦のようだ。そして穏やかな表情を浮かべている。

しかし、その身から放たれる圧迫感は、他の副官と比べても全く異なっていた。特に魔力の差では絶望的と言っていいほどの差を感じる。ただ立っているだけなのに、空気が歪んで見えた。

(俺たち人類は、こんな化け物と戦おうとしていたのか……)

気がつけば、ヴァロウの服にじっとりと汗が滲《にじ》んでいた。

「なるほど。状況を見るに、彼がゴドラムをこのようにしたと察しますが……」

「は、はい。お察しの通りでございます、魔王様」

「そうですか」

すると、ゼラムスは副官たちの脇を抜け、ヴァロウの方へ近づいてくる。

ヴァロウはまだ膝を折り、頭を垂れたままだ。なるべくゼラムスを見ないように顔を伏せている。目を合わすだけで、何か飲み込まれそうな圧力を感じた。

ゼラムスはぴたりとヴァロウの前で止まると、やがて手を差し出す。

何か罰を与えられるのだろうかと思い、ヴァロウは身を硬くした。

だが、軍師の予想は珍しく外れる。

わしゃわしゃ……。わしゃわしゃ……。

あろうことか、ゼラムスはヴァロウの頭を撫で始めたのだ。

「お強いのですね、ヴァロウ」

「あ、ありがとう……ございます……」

「撤退作戦案……。興味深く拝聴《はいちょう》させていただきました。あなたは賢いのですね。良ければ、わたくしの先生になっていただけませんか？」

「お戯れを……」

ヴァロウは言葉を絞り出すのが精一杯だった。それほど戸惑っていたのだ。

ゼラムスはそれを見て、まるで生娘《きむすめ》のように笑う。

「ふふ……。ヴァロウ、どうかその知略と力を以て、ゴドラムは助けてあげてください。彼はとても頑固ですが、すべては魔族のためにしていることです。よろしくお願いします、ヴァロウ」

そう言い残し、魔王ゼラムスはその場を後にした。

✣

「直接魔王様にお目にかかったのですか!?」

素っ頓狂な声が、ヴァロウの私室に響く。

声の主はメトラである。驚いた拍子に、入れていた紅茶をこぼしてしまった。

部下の失態を咎《とが》めず、ヴァロウはティーカップを取り上げると、まず香りを堪能する。

芳しい香りが胃の中にまで満ちていき、冷えた胃を癒してくれた。

香りを楽しんだ後、かすかな音を立てて、紅茶を口にする。身体が温まり、緊張した筋肉がほぐれていくのがわかった。

「ああ……。凄まじく強い。あれを倒すのは至難の業だろうな」

「そうですか……。それでは計画が……」

「心配しなくていい。魔王と対峙することになるのは、ずっと先だ。むしろ、今会えて良かったと思う。対峙してからあの雰囲気を知れば、取り返しの付かないことになっていただろう」

「問題はゴドラム様の件ですね」

「いや、それも問題ない」

「え？」

「明日――いや、今日の夜にはおそらく動きがあるはずだ」

「では、私たちは何を……」

「それまで二人で紅茶を楽しめばいい」

ヴァロウはティーカップをメトラに掲げる。

メトラの白い頬が、ポッと赤くなり、自分の分の紅茶をカップに注いだ。

ひっそりと二人はお茶会を始める。

人類軍の侵攻が五日後に迫る中、ヴァロウの私室には、良い茶葉の香りが漂っていた。


次の日。

ヴァロウは朝食を取っていると、荒々しく私室の扉が開け放たれた。

入ってきたのは、ドラゴランである。

大きな口を開け、息を切らし、相当慌てた様子だった。

（やはり……。動いたか……）

ヴァロウはドラゴランの姿を見ながら、目を細める。

ドラゴランは言った。

「やはり……。貴様はいるか」

「どうされましたか、ドラゴラン様？」

「どうされたかではない！　お前の上司がいないのだ」

「ゴドラム様が？」

するると、今度はメトラが私室に飛び込んでくる。

「報告します、ヴァロウ様。――――あっ！　ドラゴラン様！　失礼しました！」

「よい、メトラ。何があったか、報告せい！」

「は、はい！　第六師団が私たちを除き、昨日の夜中に出兵した模様です」

「くそ！　やはりか……。功を焦りおって、ゴドラムのヤツ。『毒の勇者』は化け物だ。昨日の会議では全軍で当たると決めておったというのに」

ドラゴランが尻尾で床を叩くと、鋭い音がヴァロウの私室に響いた。

「その様子だと。お前たちには声がかからなかったようだな。まあ、昨日のこともある。声をかけづらかったのだろう。……とりあえず、わしは出るぞ。ヤツを犬死にさせるわけにはいかん」

「お待ちください、ドラゴラン様」

「なんだ？　お前は我が部下ではない。具申《ぐしん》するなら、上司であるゴドラムに申せ」

「ならば、その上司を説得しようと思います」

「無駄だ。昨日のゴドラムの様子を見たであろう。お主の言葉に耳を貸すヤツではない」

「では、一つ確認させていただけませんか？」

「確認だと？　一体、何を確認するのだ？」

「それは……返答しかねます」

ヴァロウは横を向く。

すると、ドラゴランは机を挟んでヴァロウの胸倉を掴んだ。昨日のゴドラムと状況は一緒だ。

だが、ヴァロウは竜人族《リザード》の硬く冷たい皮膚を掴んだだけだった。

「言え！　一体貴様は何を隠しているのだ」

「もう一度言います。返答しかねます!!」

ヴァロウは叫んだ。その上司の悲鳴じみた声を聞いても、メトラは一歩も動けない。ドラゴランの迫力に気圧《けお》され、立っているのが精一杯だった。

しかし、嵐のような殺気にもヴァロウは屈せず、頑なに口を閉ざす。

脅しでは無理だと判断したドラゴランは、いよいよ剣を抜いた。ヴァロウの喉元に突き付ける。

「言え……。でなければ、お前の首を刈る」

その刃はすでにヴァロウの薄皮を切っていた。

血の筋が浮かび、鮮血が刃を伝って床に垂れる。

ドラゴランの力は強い。今の体勢からでも、硬い人鬼族《ワーオーガ》の首骨を叩き斬るなど造作もないだろう。

それはヴァロウも重々承知していたが、それでも口を閉ざした。

「わしはゴドラムほど甘くはないぞ」

「…………」

「わかった。ここで貴様を斬る！」

「お待ちください!!」

叫んだのはメトラだった。

半分腰を抜かし、唇をわなわなと震わせている。

「ヴァロウ様がお隠しになられていることを、私は知っております」

「メトラ!!」

今度は、その上司であるヴァロウが叫ぶ番だった。首を振って「喋るな」と合図したが、ドラゴランは見逃さない。剣を引く代わりにヴァロウの口を塞ぐと、そのまま長い首をぐるりと動かし、メトラを睨め付けた。

「なんだ、メトラ……。申してみよ」

「はい……。昨日、ゴドラム様はヴァロウ様にこう言われたのです」

『お前、人類軍に来るつもりはないか？』と……。

「な、なんだと!!」

ドラゴランは叫んだ。

メトラが何を言っているのか、すぐには理解できない様子だった。

だが、ゴドラムよりも多少頭の回るドラゴランは、すぐに事態を察する。

「ゴドラムが人類側に寝返ったとでも言うのか……」

当然、ドラゴランは信じることなどできない。

あのゴドラムが——である。

確かに『毒の勇者』が猛威を奮い始めてからというものの、離反者《りはんしや》が増えていることも事実だ。

強靭な魔族の心を折るほど、『毒の勇者』は強い。だとしても、魔王の副官であるゴドラムが、人類になびくとは思えなかった。

ドラゴランはさらに迫る。

だが、それ以上は知らないと、メトラは首を振った。最後には、さめざめと涙を流し始める。

するとドラゴランの視線は、口を塞いだヴァロウに注がれた。ようやく爪を立てた手を離す。

ヴァロウは首筋に少し手を当てながら、居住まいを正した。

「話してくれるのだろうな」

「仕方ありますまい」

「メトラの話は誠か?」

「……はい」

「いつ言われた？」

「昨日、廊下で……」

「廊下？　待て……。では、あの諍《いさか》いは？」

「ゴドラム様を止めるため、仕方なく……」

「な――ッ！　で、では本当に――」

「はい。この耳で確かに聞きました。『お前、人類軍に来るつもりはないか？』と」

「戯《ざ》れ言を申すな！」

「俺も戯れ言と信じたい。だから、確かめに行くのです」

「お主こそ逃げ出したいがために、適当なことを――」

「だとしたら、とっくに俺も逃げています!!」

ヴァロウは珍しく声を荒らげた。

さすがである。師団長補佐クラスが吠えたところで、ドラゴランは全く動じない。

ただ一言だけ呟いた。

「確かにな」

ヴァロウの怒りを受け流すように同意した。

一方、ヴァロウは火がついたように喋り始める。

「ですが、仮にゴドラム様が人類軍と通じているのであれば、一連の行動に説明が付きます」

「む？」

「四師団で勇者に対抗するはずだったのに、何故自分の師団だけを率いて出ていったのか……」

「ヤツが功を焦っただけであろう」

「徹底抗戦を訴えたのも、この場に魔王様を止めておくためかもしれません」

「ヤツの性格上――むむ、もうよい！　そもそもゴドラムに策を弄《ろう》することなど」

「ゴドラム様にできなくても、人類にはできます。彼らは狡猾《こうかつ》です。ヤツらの卑怯な策によって、どれほどの魔族が亡くなったか。ドラゴラン様も知らないわけではないでしょう。ルロイゼンを取られた時、仲間の裏切りに遭い、人類軍をルロイゼンに入れてしまったことをお忘れですか？」

「あれは――」

ドラゴランは反論しようとするも、ヴァロウの口は止まらなかった。

拳ではなく、言葉の連打をドラゴランに浴びせる。

「何より俺は聞いてしまった。いや、俺に拒否されたからこそ、ゴドラム様――ゴドラムはこの城から出ていったのです」

「ゴドラムと、わしは長い付き合いだ。だが、ヤツが裏切るとは……」

「俺もそう思います。だから、確かめに行くのです。本当にゴドラムは裏切ったのかどうか」

「そういうことか。だが、うむ……。やはりにわかに信じがたい……」

「俺も同じ思いです。しかし、ゴドラムは忠義に厚い一方、強い功名心を持っていました。魔王様の首と引き替えに、次の魔王として領地を保証する。狡猾な人類であれば、そう条件を出してきてもおかしくはありません」

「ぬっ……。確かにそこまで言われれば、ヤツなら――」

ドラゴランの首が折れる。ここに来て、ようやくトーンダウンした。

しかし、軍師は決して手を緩めず、目の前の副官に追撃の言葉を食らわせる。

「もう一度言います。人類は狡猾です。……すでに、ゴドラムが率いる第六師団は『毒の勇者』と合流し、この城を人類と一緒に攻め滅ぼすつもりかもしれません。いくら第一、第二、第五師団が残っているとは言え、数の上では不利です。何よりも『毒の勇者』がいる。どうかドラゴラン様……。もう一度、俺が策定した撤退作戦をご考慮いただけないでしょうか？」

ドラゴランは即答しなかった。ただ腕を組み、じっと窓の外を見つめる。遠くにいるゴドラムと会話するように、頭の中で考えを巡らせた。

やがて、その大きな顎門《あぎと》が重々しく開かれる。

「わかった。お主の撤退作戦をもう一度、御前会議で討議しよう」

「ありがとうございます」

ヴァロウは頭を下げる。しかし、伏せた顔に浮かんでいたのは笑みであった。

その一時間後、御前会議にて、ヴァロウが策定した撤退作戦が了承されることとなる。

✦

ドラゴランがヴァロウの私室から出ていく。

遠ざかっていく足音を聞きながら、メトラはホッと胸を撫で下ろした。気持ちを落ち着けようと、カップに紅茶を注ぐ。すっかり紅茶は冷めてしまっていたが、カラカラになった喉にはむしろ心地よかった。

「肝を冷やしましたよ、ヴァロウ様」

紅茶を飲み干し、メトラは肩の力を抜いて脱力した。

今もカップの取っ手を握る指が震えている。それほど、怒り狂ったドラゴランは恐ろしかった。

メトラは紅茶を入れ直す。ヴァロウは冷めた紅茶が珈琲の次ぐらいに嫌いだ。背筋が凍るようなことが起こっても、紅茶は適温でなければ決して口を付けない。

しばらくして、ヴァロウの前に白い湯気が立った紅茶が用意された。

「迫真の演技だったぞ、メトラ。涙まで流すとは予想外だった。女の涙が怖いというのは、どうやら迷信ではなかったらしい」

「あれは、本当に泣いていたのです。もし、ヴァロウ様に何かあったら、私……」

すると、メトラはまた涙を流し始めた。

白い頬に垂れそうになった涙を、ヴァロウは指で掬う。

ペロリと舐め取ると、メトラの頭を撫でた。

「すまない、メトラ。だが、おかげで助かった」

「そう言っていただけて何よりです。ともかく、これで撤退作戦は了承されるでしょう。おめでとうございます」

「まだ喜べないがな。撤退作戦は、俺の野望のほんの一歩に過ぎない」

「心得ております」

「忙しくなるぞ。まずは仕掛けを施さなければ……」

毒の勇者、そしてゴドラムを葬るための仕掛けをな。

✣

一方、第六師団とともに魔王城を飛び出していったゴドラムは立ちすくんでいた。

周りに転がっているのは、人鬼族《ワーオーガ》の死体だ。累々と積み上がり、戦場を埋め尽くしている。

一五〇〇〇以上いた兵数が、今やたった五〇〇名ほどしかいない。

「化け物か……」

ゴドラムは呻いた。

視線の先にいたのは、化け物ではなく線の細い女である。

甲冑を纏《まと》い、手には純魔法鉱石製《ピュア・ミスリル》の剣が握られていた。腰まで伸びた赤紫色の髪を揺らし、ゆっくりとゴドラムの方へ近づいてくる。

『毒の勇者』――その名をヒストリア・クジャリクという。

当代において、最強の勇者が第六師団に牙を剥いている最中だった。

「まさか――。これほどとは……」

勇猛さに関しては右に出る者はいないというほどの猛将ゴドラムが、たった一人の人間を前にして、立ちすくんでいる。

強いとは聞いていた。二人の副官を討ち取った結果から見ても、明らかであろう。

それでも、自分なら何とかなる。第六師団であれば、『毒の勇者』を倒せる――そう思っていた。

だから、他の第一、第二、第五師団に先んじて戦場にやってきたのである。

功績を上げ、他の副官よりもさらに高みを目指すために……。

あの生意気な副官補佐の鼻を明かすために……。

だが、予想した結果とは真逆のことが起きていた。第六師団が壊滅しようとしている。しかも、兵士たちは勇者と斬り合ってすらいなかった。ただ何か霧のようなものが『毒の勇者』から散布されると、突然兵がバタバタと倒れはじめ、そして死んでいったのである。

「ええい！　弓だ！　矢を射よ！　その霧が勇者の力の正体だ!!」

ゴドラムは慌ただしく指示を出す。

人鬼族《ワーオーガ》は接近戦を中止し、霧の向こうから矢を放ち始めた。しかし、矢をつがえた瞬間、まだ霧から離れているにもかかわらず、バタバタと弓兵が倒れ、絶命していく。

「馬鹿な。霧を吸っていないのに……。こ、これが『毒の勇者』の力だと言うのか」

ゴドラムは戦場を見渡した後、『毒の勇者』に向き直る。

山猫のような瞳をカッと開け、勇者はゴドラムを睨んでいた。

殺気と言うよりは、勇者本人が殺した魔族たちの怨嗟《えんさ》を纏いながら、ゴドラムの方へ向かってくる。

その雰囲気だけで、勇猛果敢な魔族たちを震え上がらせていた。

「何をしておる!!　かかれ！　根性だ！　根性でヤツの首を討ち取るのだ!!」

ゴドラムは生き残った兵に叱咤するが、誰も動こうとはしなかった。

全身が震え、立っているのもやっとという者がほとんどである。これほど、魔族に死の恐怖を与えた人間はいないだろう。恐怖とは未知への恐れである。大概の例において、常軌《じょうき》を逸《いっ》しているのは魔族の方なのだが、今回は違う。鋼すら通らぬ強靱な身体を持ち、死すら恐れぬ精神を持つ人鬼族《ワーオーガ》の兵士たちが、その未知に恐怖していた。

「くそ！　行かんか!!　ほら！　行け！」

ゴドラムは側にいた兵士の背中を突き飛ばす。

ポンッと兵士は前に飛んだ。すると、いきなり呻《うめ》き出し、喉を掻きむしりながら地面の上を転げ回る。やがて白目を剥き、口から泡を吐くと、ぴたりと動かなくなった。

「なに！　こんなところまで毒が……」

ゴドラムは鼻を摘む。

戦場で一歩も退いたことがないのを自慢にしているゴドラムは、あっさりと後退した。

それが兵士たちには撤退の合図だと思われたのだろう。我先と逃げ始めた。

「貴様ら！　逃げるな！　戦え!!」

叱りつけるものの ゴドラムも、気持ちは同じだった。

逃げられるものなら逃げ出したい。だが、ここで逃げ出せば、いい笑いものだ。

部下にのされ、その汚名を雪《そそ》ぐため、御前会議で決めたことを破った。

その挙げ句、ラングズロス城に逃げ帰る。そんな恥辱に耐えられるほど、ゴドラムの精神は強固ではなかった。

（かくなる上は……）

ゴドラムは棍棒を掲げる。いよいよ自ら『毒の勇者』と対峙しようと決めた。

ふとその勇者と目が合う。

ライトブラウンの瞳に禍々《まがまが》しい殺意が渦巻いていた。

「ひっ！」

ゴドラムの口から悲鳴が漏れる。それは長い生涯において初めてのことであった。

一瞬で悟ったのだ。

殺される、と……。

「て――――」

撤退！　と声を張り上げようとしたその時だった。

「ご、ゴドラム様‼」

部下の悲鳴のような叫びが背後から聞こえる。

振り返ると、背にしていた小高い丘の上から煙がたなびいていた。気になったのは方角である。魔王城ラングズロスがある方向だった。

「まさか魔王城に何かあったのか……」

あり得ない。しかし、卑怯な人間ならば別働隊を率いて、ラングズロス城を強襲するような策を弄するかもしれない。煙を見ながら、ゴドラムは魔王城にいる多くの魔族、同僚、そして魔王の安否よりも別のことを考えていた。

（好機だ……）

魔王城の異変を理由に撤退すれば、一応の体裁はつく。

「総員！　魔王城に戻るぞ!!　魔王様をお救いするのだ!!」

兵たちは急な命令変更に驚いたというよりも、安堵した。

ゴドラムと同じく、『毒の勇者』に背中を向ける。

巨体を揺らし、転進――いや、第六師団は敗走するのだった。

✢

ヒストリア・クジャリクの生涯は、転落と栄光の繰り返しだった。

彼女が初めて殺したのは、実の父だった。酒癖が悪く、よく母親に暴力を振るう。そんなありきたりで最低の男が、ヒストリアの父であった。ある時、その暴力の矛先がまだ幼いヒストリアに向く。

彼女はぶたれると覚悟したが、その瞬間はやってこなかった。父は死んでいたのである。後にそれはヒストリアの毒の力が覚醒したことによるものだとわかるが、この時誰も彼女が殺したとは思わなかった。

医者は急性アルコール中毒と診断し、衛兵は事件性なしと見て、引き揚げていった。

住んでいた町を出て、ヒストリアは母親の故郷に身を寄せる。田舎の村で穏やかな日々が続くかと思われたが、さほど長くは続かなかった。

村が巨大なオークの群れの襲撃を受けたのである。オークたちは建物を壊し、家畜を貪《むさぼ》り、そして人を切り刻んだ。安寧の日々が、あっさりとヒストリアの手からこぼれ落ちていく。

そして再びヒストリアの毒の力は発動された。気が付けば、オークたちは皆死んでいた。

その時になり、ヒストリアはようやく自分の不思議な力に気付く。

しかし、力を得た一方で、失ったものも大きかった。

村はヒストリアを残し全滅。母親も死んでしまった……。
・・・・・・・・・
そしてヒストリアはある魔導士に引き取られると、数奇《すうき》な人生が加速する。

軍の関係者を名乗る魔導士は、ヒストリアの力を徹底的に調べ尽くした。さらにヒストリアに戦士としての技能と知識を身につけさせる。幸いそういう方面の才能があったらしい。メキメキと上達し、わずか十三歳で初陣を飾ると、勝利に貢献した。

しかし、ヒストリアを英雄と讃えるものはいなかった。

ヒストリアは戦場に投入され、ただ魔族たちを殲滅する『戦略兵器』である。

人ではなく、兵器と言われることに、ヒストリアは次第に慣れていった。

むしろ兵器として徹することの方が、楽とさえ思うようになる。

戦果を上げる度に、『毒の勇者』と称賛され、英雄と讃えられるようになる一方、ヒストリアは次第に寡黙《かもく》になっていく。表情すら固まり、乏しくなっていった。

唯一彼女とのコミュニケーションは、放たれる殺気だけになる。

向かって来る敵を殺し、逃げる敵を殺し、籠城《ろうじょう》する敵を殺し、兵器としての仕事を全《まっと》うしていく。

そして今日のヒストリアは、逃げる敵を追いかけ続けていた。

✠

兵たちと共にゴドラムは魔王城に帰還する。出立して、すでに三日以上が経過していた。

閉めきられた巨大な城門の前で、早速ゴドラムは大声を張り上げる。

「第六師団師団長ゴドラムである！　今、帰った！　開門せい!!」

しかし、何度か呼びかけたものの城の門が開くことはない。

仕方なく、別の入口から城の中に入ると、驚きの光景が広がっていた。

もぬけの空だったのだ。

魔族はおろか、鼠一匹すら存在しなかった。

「ドラゴラン！　いないのか！　アッガム！　帰ったぞ！」

第一、第二師団の師団長の名前を呼ぶ。

その私室を覗いてみたものの、気配すらなかった。

「一体、皆どこに行ったのだ……」

少しの間、ゴドラムは考えを巡らす。

その時、筋肉と根性しかない脳は、ある可能性を導き出した。

「まさか……。撤退したのか！」

ゴドラムは巨体を揺らし、螺旋階段を上り始める。

向かうは魔王ゼラムスの居室だ。

「魔王様!!」

扉を開け放つも、薄暗い部屋がただ広がっているのみだった。

それはいつものことなのだが、やはり普段とは様子が違う。

ゴドラムは辺りを窺《うかが》いながら、部屋の奥へと進むと、常時稼働している【闇の羽衣】がないことに気付いた。しかし他に変わったところはなく、荒らされた形跡もない。

（そういえば、あの煙はなんだったのだ？）

戦場から見えた煙は、確かに魔王城の方角からたなびいていた。

しかし、火の手はおろか魔王城の中は煙臭くもない。火の跡すらなかった。

この何もないという状態自体が、まるで幻のようにゴドラムの目には映る。

「ゴドラム様!!」

慌てた様子で部下が入ってくる。

居室の扉が開け放たれると同時に、鬨《とき》の声と剣戟《けんげき》の音が階下の方から聞こえてきた。

「何事だ!?」

「人です！　人間どもが、このラングズロスに侵入しました！」

「なんだとッ!!」

ぬかった！　みすみす人間たちを魔族にとって聖域であるこの魔王城に案内してしまった。

ゴドラムは奥歯を強く噛む。

戦場から逃げ帰った上に、人間を魔王城に招く結果になってしまった。

魔王様にも、他の副官にもあわす顔がない。

もはや差し違えても『毒の勇者』を殺すしかなかった。

「よし！　ワシもすぐに行く!!　なんとしても『毒の勇者』を殺すのだ!!」

「はっ!!」

人鬼族《ワーオーガ》の兵が出ていく。遅れてゴドラムは戦場へと向かおうとした。

カサッ、と何かを踏んだ。

足元を見ると、一枚の紙が床に落ちている。文字が書かれてあることから、どうやら手紙らしい。

誰かが書き残したのだろうか。訝《いぶか》りながら、ゴドラムは指で摘まみ上げた。

その手紙の内容を読むと、その赤銅《しゃくどう》色の瞳が大きく開く。

うっと嘔吐くように息を呑んだ。

すると、近くで剣戟の音が響く。兵が悲鳴を上げながら、部屋の前で倒れた。

だが、ゴドラムは手紙から目を離さない。

やがて現れたのは、宿敵『毒の勇者』であった。

『毒の勇者』は自分よりも倍ほどの背丈がある人鬼を見上げる。

名乗りもなく、ただ手を掲げ、ゴドラムを睨んでいた。

その段になっても、ゴドラムは動かない。ただ呻くようにこう言った。

「おのれぇ……。ヴァロウめ……」

「ヴァロウ……?」

その時、初めて『毒の勇者』の声が部屋に響く。

ゴドラムの手から手紙が落ちた。『毒の勇者』の毒が、徐々に彼の巨体を蝕《むしば》み始めていたのだ。

その手紙には、こう書かれていた。


さようなら、親愛なる師団長殿。

あなたの英雄的行為は、後の世にまで語り継がれるでしょう。

ヴァロウ

「ヴァロォォォォオォオォオォオオオオ!!」

毒を受け、意識が朦朧《もうろう》としながらも、ゴドラムは吠えた。

その瞬間、光が部屋の中に満ちる。

ゴドラム、そして『毒の勇者』は等しくその光に包まれた。

ごごごおおおおおおんんんんんん!!!

凄まじい爆発が、魔王城ラングズロスを木っ端微塵にするのであった。

数百年以上、魔族の拠点としてあったラングズロス城が崩壊していく。

白い煙が上がり、飛び散った破片が周囲の地面に突き刺さった。さらに城の火薬庫にも点火したようである。二次爆発が起き、足元が崩れると、城の原型がなくなっていく。竜の嘶《いなな》きのような音を立て、石と魔法鉱石で作られた堅牢な城が呆気なく崩れ去っていった。

その様は、巨大な魔獣の最期を思わせる。

ラングズロス城最後の様子を、ヴァロウとメトラは遠くの山の頂上から見下ろしていた。遠見鏡《とおみきょう》を伸ばして、城の崩れ方をつぶさに観察している。

「どうやら、遠隔術式は正常に作動したらしいな」

それはヴァロウが軍師時代に確立した遠隔操作ができる魔法のことである。

この魔法によって、何度も離れた場所にいる魔族を爆散させた。

準備に時間がかかることが唯一の難点だったが、この作戦を決めてから十分時間があった。

何度も魔王城の構造計算をし、下準備を整え、そして今に至る。

最強軍師の目論見通り、ラングズロス城は崩壊した。

「何か少し寂しさを感じますね」

「そんなものか？」

「ええ……。二年もあそこにいましたから」

「俺は清々したがな。あの城の構造は最悪だ。子どもの方がもっとまともなものを作るだろう」

最初期のラングズロス城は小さな城だったと言う。

だが、魔族の拠点となり、魔王が入城してから拡張が始まり、無造作に肥大していった。

古いものを残し、新しいものをまるで粘土遊びのようにくっつけてきたため、中は迷宮化している。

迷路にする分には構わないが、ヴァロウに言わせれば非常にムダの多い構造だった。

「ゴドラム様と『毒の勇者』は……」

「おそらく死んだだろう。両方ともしぶとそうではあるが、いずれにしろ俺たちがやろうとしているのは撤退だ。その時間が稼げれば、十分効果があったと言える。……さあ、行くか」

ヴァロウは馬を引く。

普通の馬ではなく、足が六本もある魔馬《まば》である。通常の馬よりも一回り大きく、足も速い。難点は稀少であることぐらいだろう。

ヴァロウは魔馬に跨ると、手を引きメトラを後ろに乗せた。

少し頬を染めながら、メトラはヴァロウに胸を押しつける。

柔らかな感触と温もりを感じても、ヴァロウの表情は何一つも変わらなかった。

最後に一度、ラングズロスの方を向く。

すでに巨大な城は完全に崩れ、瓦礫だけが大地に広がっていた。

「ゴドラム、地獄で待っていてくれ。俺もしばらくしたら、そこへ行くことになるだろう」

魔馬の腹を蹴る。

ヴァロウたちは西に向かって走り始めた。

✦ Episode. 07 ✦

·Vallow of Rebellion·

Jyokyukizoku ni Bousatsu Sareta Gunshi ha Maou no Fukukan ni Tensei shi, Fukushu wo Chikau

ヴァロウたちが向かったのは、ラングズロスから西にある森である。

そこには魔王城から撤退した魔王以下、第一師団が隠れていた。

「おお！　戻ってきたか」

ドラゴランは振り返り、ヴァロウの姿を見つける。

魔王ゼラムスも【闇の羽衣】を纏いつつ、近寄ってきた。

魔馬から下馬すると、ヴァロウは周りを確認する。

第二、第五師団の姿がない。だが、これはヴァロウの作戦指示書通りであった。

第二師団は巨人族《ギガント》だ。身体こそ大きいが、種族によっては足が遅いものも多い。そして撤退作戦においては、速度の遅さは一番のネックになる。だから、ヴァロウは巨人族《ギガント》を先に行かせ、周囲の安全を確保するとともに、この先にある狭い街道内に要塞を築城するように求めた。

ドライゼル城まで先は長い。

城を動かすことはできないが、安全な場所を作ることなら可能だ。

要塞の築城がうまくいけば、逃げる距離が縮まり、撤退作戦の成功率は格段に上がる。

一方、主に鳥人族《バルチャー》を主戦力とする第五師団は、二部隊に分けた。

第五部隊第一分隊は、ラングズロスから運んできた宝具を次の居城ドライゼル城へと送り届ける任務が与えられ、第二分隊は鈍足な巨人族《ギガント》の一部を空輸する任務を与えられた。

どちらも重要な役目だ。特に宝具は、人間たちに奪われるわけにはいかない。またきちんとした宝具庫に置かなければ、勝手に発動する危険な宝具も存在する。その輸送は細心の注意を払うのだ。

その役目は、宝具の扱いに長ける鳥人族《バルチャー》――つまり、第五師団にしか頼めない任務だった。

そして、第一師団である。

ドラゴラン以下竜人族《リザード》たちの役割は、ずばり魔王を守ることだ。

数こそ師団の中では最小だが、一騎当千の兵たちは鋭い眼光を放ち、周囲を警戒していた。

すべての師団の特性を活かした見事な人員配置である。

御前会議で反対していた師団長たちも、舌を巻くしかなかった。

「先ほどの轟音……。一体、なんだったのだ、ヴァロウ？」

「それは……」

ドラゴランの質問に、ヴァロウは答えに詰まる。

突然、手で顔を覆ったかと思えば、さめざめと涙を流し始めた。

これには師団長はおろか、横で見ていたメトラも驚く。

【闇の羽衣】の奥で、ゼラムスも息を呑んでいた。

「どうした？　何故、泣く？　一体何があった、ヴァロウ!?」

「はい……。も、申し訳ありません、ドラゴラン様」

「ヴァロウ、ラングズロスで何が起こったのですか？」

見たこともないヴァロウの動揺ぶりに、ゼラムスもまた狼狽《うろた》えていた。

「はっ！　実は……。ゴドラム様は先ほど戦死なされました」

「――――ッ!!」

ドラゴランとゼラムスは同時に息を呑む。

「裏切り者が死んだか……。自業自得だな。で――どのような最後だったのだ、ヴァロウ」

「ゴドラム様は『毒の勇者』をラングズロス城に誘い込み、城もろとも爆破。おそらく、ゴドラム様も『毒の勇者』も爆発に巻き込まれたと思われます」

「城もろともだと！　……ふ、ふん。裏切り者にはふさわしい末路だな」

さすがのドラゴランも動揺を隠せないらしい。ラングズロス城が崩壊したことよりも、裏切ったかつての同僚の死について言及する。怒ってはみせるが、やや下を向いた顔は少し寂しげだった。

「お待ちなさい、ドラゴラン。結論づけるのはまだ早いですよ」

ゼラムスは憤るドラゴランを冷静にたしなめると、ヴァロウの方を向いた。

「……ヴァロウ、あなたの報告にはひどい矛盾点があります。何故、裏切ったゴドラムが『毒の勇者』を城に誘い出し、ラングズロス城ごと爆破する必要があったのですか？　その報告では『毒の勇者』を道連れに、ゴドラムが殉死《じゅんし》したという風に聞こえるのですが」

「むっ……。確かに――」

「申し訳ございません!!」

ヴァロウは声を張り上げ、頭を下げた。

側にいたメトラはびくりと肩を震わせる。それはドラゴランもゼラムスも同様であった。

再びさめざめと泣きながら、ヴァロウは告白する。

「俺は………お二人に嘘をついておりました」

「嘘……。どういうことだ、ヴァロウ！」

「ゴドラム様は裏切ってなどおりません。すべてはゴドラム様の提案だったのです、この撤退作戦は」

「撤退作戦が、ゴドラムの提案だったと？　そんな話、初めて聞いたぞ。いや、そもそもゴドラム自体が、この作戦に反対していたではないか!!」

「はい。今、俺も初めて告白した故、当然でありましょう。ですが、事実です。ゴドラム様は始めから撤退する気でおりました。しかし、必ず他の師団長から反対を受けると考え、俺に相談したのです。撤退作戦を了承させ、如何に安全に魔王様をドライゼル城へ送り届けるか。俺は悩みました。様々な方法を検討しましたが、どうしても犠牲が出てしまうのです。そこで俺は逆にゴドラム様に相談しました。そして、こう言われたのです」


ならば、自分と第六師団を犠牲にせよ、と……。


「俺は真っ先に反対しました。あの御前会議後の廊下での諍《いさか》いも、本当はその件を巡って起こったものです。そしてゴドラム様は戦場へ赴《おもむ》かれました。俺とメトラを残して……」

「では、ゴドラムが人類についたと言うのは……？」

「すべては嘘です。偽りです」

「ヴァロウ！　貴様!!　わしを謀《たばか》ったのか!!」

ドラゴランはヴァロウの胸倉を掴む。引き揚げ、締め上げた。

だが、ドラゴランの竜手はすぐに止まる。

ヴァロウの顔は真っ赤になり、さらに涙で溢れていたからだ。

「おやめなさい、ドラゴラン」

大柄な竜人族《リザード》を止めたのは、ゼラムスだった。

「察するに、それもゴドラムの指示だったのではないのですか？」

「いえ、魔王様……。それも俺が立てた作戦でした。ゴドラム様は、ただ俺の作戦を忠実に実行したにすぎません」

「貴様！　どうして、そんな無慈悲な作戦を立てられるのだ!!」

「ドラゴラン……。わたくしにはわかります。すべては撤退作戦を我々に了承させるためのお芝居だったということでしょう」

「つまり、他の師団長を説得するための虚言だった、と……。誠か、ヴァロウ」

「……その通りです」

「なんということだ……」

ドラゴランはヴァロウから手を離す。自らは膝を突き、大きな瞳を彼方へと向ける。

ヴァロウもまた同じく膝を突き、項垂《うなだ》れたまま説明を続けた。

「この作戦の要は、師団長の方々を説得できるか否かということでした。撤退戦はどんな戦さよりも過酷です。一致団結しなければ、完遂は難しい」

「ヴァロウよ。そのために、裏切り者が必要だったと言うのか」

「はい……。敵の存在が人――いや、魔族を一番団結させるからです」

「裏切り者、卑怯者と罵られてまで、ゴドラムがこの撤退作戦にかけていたとは……。わしはゴドラムがただの猪突猛進な武将だと思っていた。だが、その認識は間違っておったのかもしれない」

「ゴドラム様は誰よりも忠義の厚い方でした」

「ええ……。ヴァロウの言うとおりです。ゴドラムは魔族一の忠義者でしょう。それに、ヴァロウ。あなたもですよ」

「お、俺は――」

ヴァロウは反論しようとするが、ゼラムスは【闇の羽衣】を解き、忠臣たちの前に姿をさらす。

女神のように微笑み、そっとヴァロウの頬を撫でた。

「よくここまで嘘を突き通しました。あなたもまた、ゴドラムと同じく忠義者ですよ」

「あ、ありがとうございます……！」

ヴァロウは顔を伏せた。ほんの一瞬、その口角が歪む。

(完全に信じたな。そろそろ仕上げに移るとしよう)

頃合いである。ヴァロウは畳みかけるように、ドラゴランとゼラムスに向かって言葉を続けた。

「ゼラムス様……。お願いがございます」

「なんでしょうか？」

「俺は第六師団を率い、ゴドラム様の仇を討ちたいと考えています」

「しかし、第六師団はもうお主とそこにいるメトラしかいないではないか」

「構いません。新たな第六師団を組織し、ゴドラム様に勇者の首を捧げる所存です」

「ふむ。そうなれば、お主を新たな魔王の副官として、取り立てることになるが……。お前はまだ十三。副官となるにはちと若すぎる。もうしばらくどこかの師団の補佐として働いてみてはどうだ？ お前が良ければ、第一師団補佐の席を空けてもよいぞ」

悪くない話ではある。強大な戦力を持つ第一師団を思うままに操るのもいいだろう。

しかし、かつて最強の軍師と呼ばれた男は、自ら率いる兵団を渇望《かつぼう》した。

「有り難いお話ですが、その間第六師団の師団長は空席となります。それでは、裏切り者と揶揄《やゆ》されてまで魔王様に忠義を捧げたゴドラム様の意志を、一度切ることにならぬでしょうか？ 俺は忠義の厚いあの方を手本とし、第六師団を引き継ぎたいのです」

「しかしのぉ……」

「よろしいではありませんか、ドラゴラン」

許可を出したのは、ゼラムス自身だった。

「彼の知謀知略、強さ、何よりもゴドラムより受け継いだ忠義の厚さ。わたくしは、十分ヴァロウが我が副官としての素質を兼ね備えていると考えます。むろん、年を理由に侮《あなど》る魔族もいるでしょう。誰かが後見人になってくれればいいのですが……」

ゼラムスはチラリとドラゴランの方を見る。

ドラゴランは目の上を少し掻いた後、咳払いをした。

「わかりました。わしが彼の面倒を見ましょう」

「よろしくお願いしますよ、ドラゴラン。……さて、ヴァロウ」

「はっ！」

「今、ここであなたを六人目の魔王の副官として新たに任じます。略式で申し訳ありませんが、正式な任官式はドライゼル城で行えると、わたくしは信じております」

「ありがとうございます、魔王様。必ずや御身をドライゼル城までお届けいたしましょう」

「よろしくお願いします。はあ……。わたくしも、飛べたらよかったのですが……」

ゼラムスは顔を上げた。

実はゼラムスはこう見えて非常に重い。サイズこそヴァロウと変わらないのだが、それは単に魔法で身体を圧縮しているだけで、質量自体は変わらないのだそうだ。

また魔法による転送は、纏っている【闇の羽衣】のせいで弾かれてしまう。

そういうわけもあって、馬にも乗れず、ゼラムスは徒歩での撤退を余儀なくされていた。

「そろそろ参りましょう、魔王様」

「そうですね。行きましょうか、ヴァロウ」

「先に行っててください。俺はもう少し人類軍の様子を見たいと思います」

再び第一師団は、魔王ゼラムスを伴い、西へと進み始めた。

むろん、すべて嘘である。

ヴァロウが言ったことは全部出鱈目《でたらめ》だ。

何故、あんな芝居を打ったのか……。それは、第六師団の師団長の椅子に座るためである。仮に淡々とゴドラムが死んだことを報告したところで、魔王の副官という地位は手に入れられなかっただろう。

だが、嘘をついてまで忠義を尽くしたならば、他の者は一目を置かざるをえない。それが、魔王のためとあれば、ぐっと信頼度も高まる。魔族の信頼は、魔王に対する忠節心で決まると言っていい。

どんなに武功を立てても、それが出世に直結しなければ意味がないのだ。

故にヴァロウは、嘘をついてまで、己の忠義をアピールしたのである。

「迫真の演技でしたね」

と言ったのは、メトラだった。以前、ヴァロウに言われた言葉をそっくりそのまま返す。

第一師団と魔王は先に行ったため、今はヴァロウとメトラしか森にはいない。

「まさか……。ヴァロウ様がお泣きになるとは思いませんでした」

「ああ……。あれか」

ヴァロウは顔を手で覆った。すると、再び涙が溢れ返る。

「え？　それって――」

「簡単な手品だ」

ヴァロウは手を開き、指先からちょろちょろと流れる水を見せた。

「水属性の魔法を使っていただけだ」

事も無げに言われ、メトラは「ほう」と息を吐いた。

「女の涙より、ヴァロウ様の涙の方が怖いですわ」

「軽蔑するか？　上司の死を使い、出世した俺を……」

「いえ……。ヴァロウ様は以前私に仰いました。あらゆる手段を使うと……。『俺を許さなくもいい』と……。そして私はこう答えました」


世界の誰も許さなくても、私だけがあなたのことを許します。


「あの言葉を違えるつもりはありません。たとえ、あなた様が魔族になろうとも」

すると、メトラはヴァロウに向かって膝を突いた。

「副官への昇進おめでとうございます、ヴァロウ様」

「ああ……。だが、ここからがスタートだ」

「心得ております。どこにでも参る所存です」

それがたとえ、地獄であろうとも……。


崩れ落ちたラングズロス城の上に、月が昇っていた。

バラバラになった魔法鉱石《ミスリル》や瓦礫が、巨大な魔獣の骨のように転がっている。静かな夜だった。時折、建材の一部が崩れる音しか聞こえてこない。生者の気配はなく、血臭が瓦礫の底から漂ってきていた。

ボコッ……。

突如、ラングズロス城の残骸の中から、人間の手が生える。

バタバタと宙を掻いた瞬間、周囲の瓦礫が吹き飛んだ。

濛々と立ち上る土煙の中から現れたのは、一人の女だ。

当代において最強の勇者──『毒の勇者』の異名を持つ、ヒストリア・クジャリクだった。

ヒストリアはラングズロスの爆発に巻き込まれたが、生きていたのだ。

とは言え、その姿はひどい。重度の火傷を負った半身はただれ、長かった髪も燃え散っている。右足、右手を骨折。特に右足は完全に力が入らない状態だった。

折れた肋骨のおかげで、内臓もボロボロだ。

「ひゅー。ひゅー。ひゅー」

奇妙な音を鳴らしながら、ヒストリアは息をする。

そのような状態でも足を引きずり、ヒストリアは西へと向かった。

『毒の勇者』の頭の中に撤退という文字はなく、本隊と合流して身体を癒やし、魔族と対決するという選択肢も考えない。

ただヒストリアの中にはあったのは、強い殺意であった。

ヒストリアは兵器である。一度、飛び出せば敵を殲滅するまで自陣に帰還することはない。使い捨てだからこそ、その身体を癒やす必要性すら感じていなかったのだ。

このままでは死ぬとわかっていても、ヒストリアは突き進む。

何故なら自分は『毒の勇者』という名の兵器だからである。

✣

ヴァロウは地面に耳を付けていた。

周りを、メトラ、ドラゴラン、そしてゼラムスが取り囲んでいる。

ドラゴランとゼラムスは、ヴァロウの奇行に興味津々らしく、感心した様子で見つめていた。

やがてヴァロウは立ち上がる。

「あと半日というところですね」

「それでわかるのか？」

ドラゴランの質問に、ヴァロウは頷いた。

ヴァロウは近づいて来ている人類軍の行軍の音を聞いていた。

馬、あるいは甲冑の音を、地面に耳を当てて、聞き分けていたのである。

総じて魔族の基礎能力は高い。軍師時代の頃よりも、ヴァロウはクリアに音を捉えることができた。

人類、魔族に限らず、この世界では魔法を使った索敵が基本だ。しかし、その方法だと逆にこちらの位置を知られる危険性がある。

だから、ヴァロウはこういった身体能力だけを使った方法を、軍師時代から実践していた。

試しにドラゴランがやってみるのだが、どうも要領を得ない。

何か音はするのだが、ヴァロウのように距離を測ることはできなかった。

「経験が物を言いますので」

経験と軽く言うが、ヴァロウはまだ魔族として生を受けてから、十三年しか経っていない。

長く生きているドラゴランやゼラムスからすれば、驚天動地の技術だった。

「頭が良いことは知っていたが、こうして帯同すると実感できるな。少なくとも、地面に耳を付けて敵の距離を測るなどという発想は、我々にはなかった」

「それを言うなら、ドラゴラン。この撤退作戦にも同じことが言えるでしょう」

「全くその通りですな。ゴドラムが羨ましいわい。なのに、こんな優秀な補佐を残して逝きおって」

「ドラゴラン……。ゴドラムの元で采配を振るっていたかったのは、ヴァロウなのですよ」

ゼラムスはたしなめる。どうやら、完全にヴァロウを『悲劇の参謀』として見ているらしい。

「すまんな、ヴァロウ」

「いえ。……俺が未熟だっただけです。それよりも――」

「ああ。このままでは追いつかれてしまうな」

「ヴァロウ、何かすでに手を考えているのではないですか？」

「はい。お許しをいただけるなら、具申したいことがあります」

「良い。今はお前の知謀知略《ちぼうちりやく》だけが頼りだ」

ドラゴランはうんと首を振った。ヴァロウの私室で、胸ぐらを掴んだ竜人族《リザード》の姿はない。

完全に手の平を返し、ヴァロウのことを信じ切っている様子だった。

「人類軍を迎え討ちます」

「本気か、ヴァロウ！」

「相手は五〇〇〇以上いるのですよ」

ヴァロウたちを追いかけているのは、敵の先行部隊だ。

その数は五〇〇〇強。そのほとんどが騎兵で、猛烈な勢いで第一師団に迫っていた。

対して、第一師団の総数は五〇〇余名。一騎当千という触れ込みが事実であれば、勝てる数である。

だが、向こうも手練れと考えるべきだ。一筋縄にはいかないだろう。

予定通りであれば、第二師団が築いている要塞は、徒歩であと一日といったところだ。しかし、その前には追いつかれてしまう。どこかで人類軍を迎え討つ必要があった。

「問題ありません。この場所で迎え討ちます」

「こんなところでか？」

ドラゴランたちは鬱蒼《うっそう》と木々が茂る森を見渡す。

魔族たちの戦術は人類軍よりも遥かに遅れている。基本的に戦闘と言えば、開けた場所で行われる野戦が一般的だ。だから、ドラゴランには意外に思えたのである。

ヴァロウはあえて質問に答えず、その前にドラゴランに懇願した。

「ドラゴラン様、一〇〇名ほど俺に兵を預けていただけませんか？」

「なに？　どうするつもりだ？」

「その兵だけで、人類軍の足を止めてみせましょう」

「な、なにぃ!!　一〇〇で五〇〇〇の軍を止めると言うのか？」

「はい。ドラゴラン様とゼラムス様は先にお進みください」

「大丈夫なのですか、ヴァロウ。ゴドラムのようなことを考えていませんか？」

身を挺《てい》し、撤退作戦の必要性を訴えた（ことになっている）ゴドラムを引き合いに出す。

ヴァロウは表情を変えず、答えた。

「ご心配なく……。こんなに早くゴドラム様と対面しては、地獄で叱られてしまいます」

「もっともだな。わかった。お前に、一〇〇名を貸し与える。存分にその知略を振るうがいい」

「ありがとうございます」

ヴァロウは膝を折り、頭を垂れる。すると、ヴァロウの手を握る者が現れた。

ゾッとする程、冷ややかな手にヴァロウは驚く。頭を上げると、ゼラムスの顔があった。

「必ず戻ってくるのですよ」

眉根を寄せ、ゼラムスは強い憂《うれ》いを帯びた瞳で訴える。ヴァロウは驚きのあまり固まった。

「こほん」

咳払いをしたのは、メトラだ。若干ムスッとした表情を、ヴァロウに向ける。

「ヴァロウ様、そろそろ……」

「ああ。そうだな。ご心配なく、魔王様。必ずあなたの元へ戻ってまいります」

そうだ。こんなところで死ぬわけにはいかない。

いや、死ぬはずがないのだ。


魔馬を駆り、ヴァロウは行軍する人類軍の鼻先に飛び出す。

一緒に魔馬に乗るメトラは、息を吐いた。

「なかなか壮観な眺めですね」

「ああ……」

二人の視界に映ったのは、土煙を上げて突き進む騎兵部隊である。

その数五〇〇〇。横一列に並んだ馬頭と、その大きな土煙は、メトラの言う通り壮観だった。

ここまでの数の騎兵はなかなか見られるものではない。騎兵はまず軍馬の育成から始めなければならないから、貴重なのだ。おそらく各部隊からかき集めた混成部隊なのだろう。

追っている相手が魔王であることは、向こうも理解している。故に、人類軍も必死だ。魔王さえ討てば、この戦争は終わると思っているからである。

「いたぞ！」

「魔族だ！」

「こっちだ!!」

「続け！　続け!!」

すると、騎兵部隊はヴァロウたちに気付く。転進し、こちらへ向かってきた。

即座にヴァロウは魔馬の腹を蹴る。馬頭を返すと、例の森に向かって走り出した。

「私はヴァロウ様を信じていますが、本当に一〇〇名で五〇〇〇名の兵を倒せるのですか？」

「随分、矛盾した言い回しだな。まあ、いい。心配するな。全部を倒すわけではない。俺たちがしなければならないのは、まず足止めだ」

「人類軍は引っかかるでしょうか？」

「ああ。間違いなく引っかかる。これは人類軍の思い込みを利用した作戦だからな」

「思い込み……？」

「ところでメトラ、さっきから何を怒っているんだ？　魔王様に見送られてから変だぞ」

「べ、別に怒っていません！」

そう言いながらも、メトラの頬は膨らんでいた。

ヴァロウたちは魔馬を駆り、森の中に逃げ込んでいく。

その後を人類軍の騎兵隊たちが追いかけてきた。よく訓練された馬らしい。口から泡を吹きながら、暗い森の中でも茂みを突き破って迫ってくる。

「追ってきますわ、ヴァロウ様」

「おそらく興奮作用のある魔法を使っているな」

騎兵部隊にはよくある戦術だ。馬を興奮状態にして、突撃させる。そうでもしないと、魔族や魔獣の吠声だけで立ち上がってしまうからである。そもそも暗い森に突っ込むこともできないだろう。

「どうしますか？」

「問題ない。吠声の対策はできているようだが、これはどうかな？」

ヴァロウがにやりと笑った瞬間だった。


ひぃいいぃいいぃいぃぎゃああああああああああああああ！！！！


巨大な音の塊が炸裂した。

まるで森の木を根こそぎ掘り起こされそうな音圧が、ヴァロウや追跡してくる人類軍を囲む。

それは魔獣の吠声ではない。いわば竜の断きだった。もっと詳しく言えば、竜人族《リザード》の吠声である。

第一師団から借りた一〇〇名の兵士が、一斉に声を張り上げたのだ。

それでも騎兵部隊は突き進み、魔法によって興奮した馬はなお走り続ける。

バタッ!!

突然、馬に跨がっていた騎兵が落ちた。

一人、また一人と落馬していく。総じて泡を吹き、白目を剥いて、意識を失っていた。

かろうじて意識を保てた兵も、ふらりとバランスを崩す。猛スピードで駆け抜ける馬から落ちると、そのまま首の骨を折って即死した。

メトラはそれを見ながら、耳栓を耳から引き抜く。

「作戦の第一段階、成功ですね」

「ああ……。馬に対策は施していても、人間には対策を施さなかったようだな」

馬は臆病な生き物だ。それ故に、魔族の吠声に対する対策が必要になる。だが、人間は魔族の吠声に対し魔法を使ってまで対策はしない。恐怖は精神で補えと、教育されるからである。

だが、人間にも聴覚がある以上、吠声の影響は皆無ではない。魔族の中でも最強と言われる竜人族《リザード》の吠声ともなれば、心臓すら停止させる威力を持つ。もはや精神云々の話ではないのだ。

騎兵部隊は混乱を極めた。指揮官はその時になって、自分たちが誘い込まれたことに気付く。

敵に囲まれていることを知り、部隊は一旦馬を捨てることを選択する。興奮状態に陥った馬は、その魔法が切れるまで走り続ける。立ち止まるには、一旦馬を捨てるしかないのだ。

騎兵たちは次々と魔法を詠唱すると、ふわりと浮き上がり、なんとか地面に着地した。走る馬から降りる訓練は日頃行っている騎兵たちだったが、転倒するものが続出する。滑りやすい地面に騎兵たちが首を傾げているのが見えた。

「ヴァロウ様、騎兵部隊が止まりました」

「こちらの動きがいつもと違うことに気付いたな。指揮官の冷静さを評したいところだが――」

すでに俺の手の平の上だ……。


ヴァロウは手綱を引く。魔馬を転進させると同時に、手を掲げた。

「今だ!!」

ヴァロウは合図を送る。

するとと、騎兵部隊を囲むようにあちこちで炎が灯った。

「なんだ?」

「まさか……。このにおい!」

「地面だ! 地面をよく見ろ!!」

やっと騎兵部隊は地面に撒かれていたものの正体に気付く。

油だ。

刹那、どこからか炎が放たれる。地面に撒いた油に引火し、火の手が騎兵部隊に迫った。

「ぎゃあああああああ!!」

「助けて! 助けてくれ!!」

「火ぃ! 火ぃいいいいいいいい!!」

五千の騎兵部隊が逃げまどい、一気に炎に包まれる。

「すごい……」

視界が真っ赤に染まり、まさに地獄絵図といった様相の戦場を見ながら、メトラは息を呑む。

彼女が称賛したのは、その炎の勢いだった。油を使っているとはいえ、それでもここまで火の回りは早くない。これもそれも、使われた炎に秘密があった。

それは竜人族《リザード》が吐く炎だったのである。

竜人族《リザード》の炎は通常の炎よりも、さらに温度が高く、人間であれば一瞬にして丸焼けになるほどだった。だが、竜人族《リザード》の恐ろしさはそれだけではない。

「かかれ!!」

ヴァロウは手を振ると、一〇〇名の竜人族《リザード》の兵士たちは突撃した。

炎の中をくぐり抜け、まだ生きている騎兵に襲いかかる。阿鼻叫喚《あびきょうかん》の悲鳴が聞こえてくるのに、さほど時間はかからなかった。

竜人族《リザード》の鱗の耐火性能は、魔族の中でも随一と言われる。

たとえ、火山の火口の近くであろうと、平気な顔をして戦うであろう。

その時、ヴァロウは騎兵部隊の隊長とおぼしき男と目が合った。

顔を引きつらせ、その男は悲鳴を上げながらこう叫ぶ。

「撤退だ！　撤退しろ!!」

兵士たちは千々に乱れながらも、なんとか戦場から離脱していく。

結局、騎兵部隊は三五〇〇名近い死者を出して敗走。

対して、ヴァロウが率いた一〇〇名の竜人族《リザード》は、ほぼ無傷であった。

「すごい……」

「本当に五〇〇〇の兵を」

「たった一〇〇名で……」

「おおおおおお!!」

「勝ち鬨《どき》を上げろぉぉぉおおお!!」

竜人族《リザード》は吠声を上げ、そして両手を上げた。

「ヴァロウ様、万歳!」

「「「万歳!」」」

半ば興奮した様子で、新しい六人目の副官を讃えるのだった。


「さすがですわ、ヴァロウ様」

ヴァロウと一緒に魔馬に跨がったメトラが讃える。

そのヴァロウは表情を一つ変えず、燃えさかる森を見つめていた。

炎の中から、仕事を終えた竜人たちがやってくる。

一〇〇名の寡兵《かへい》が、五〇〇〇名の騎兵隊を破ったのだ。大勝利と言ってもいいだろう。

「相手の指揮官が馬鹿だっただけだ。功を焦っていたのもあるだろうがな」

「それでも、ヴァロウ様の策なしにはこの結果は生まれなかったでしょう。……ところで、戦いの前にヴァロウ様が言った言葉。あれはどういう意味だったのですか？」

メトラが指摘したのは、ヴァロウが口にした『人類軍の思い込み』という言葉だった。

「簡単なことだ。これまで魔族軍は策というものを使わなかった。いや、必要がなかったと言ってもいい。これまで質、量ともに優れていたのだからな」

「なるほど……。魔族軍が策を使わないと思ったからこそ、騎兵部隊は誘いに乗ってきたのですね」

「これで、魔族も策を使うと思ったに違いない。次はそれを利用させてもらうとしよう」

ヴァロウは口角を上げるのだった。

✠

残存騎兵部隊は一五〇〇名。

その中で動けるものは、半数にも満たない。

一旦騎兵部隊はその後ろを行軍していた第二部隊と合流する。

第二部隊は歩兵と合わせた戦車部隊である。騎兵隊から情報を聞き、第二部隊は速度を上げた。

竜人族《リザード》が魔族の要であることは、周知の事実である。第一師団がいるということは、魔王が側にいるということの証明でもあった。

今、ここで魔王を討つ――。第二部隊は奮起した。

その時、手に重度の火傷を負った騎兵部隊の隊長が、前方で何かを見つける。

少し小高くなった丘に、一人の魔族が魔馬に跨がった状態で、第二部隊を睥睨《へいげい》していた。

「あいつは――――！」

騎兵部隊隊長は息を呑む。

隊長は覚えていた。紅蓮の森で一際光るそのヘーゼルの瞳を……。

第二部隊の指揮官に向かって、隊長は叫んだ。

「お止まりください！」

「なんだ？　相手は魔族一匹ではないか」

「ヤツです……。ヤツが魔族の指揮官です」

「あいつが⁉　あいつが、騎兵部隊を敗走させたのか‼」

「罠です。きっと策を巡らしているかと……」

「案ずるな。こっちは一二〇〇〇、中には戦車もいるんだぞ」

「ヤツは寡兵で、精鋭の騎兵部隊を壊滅寸前にまで追い詰めました。どうかご自重を！」

騎兵部隊部隊長は、騎馬から降りて必死に懇願する。

一方、第二部隊の指揮官は即座に判断できなかった。魔族が策を弄《ろう》したというのは、偶然だと考えていたからだ。しかし、騎兵部隊が壊滅寸前にまで追い込まれたことは事実。それに随分と深く魔族領に侵攻しすぎた。魔王を討たなければならないとは言え、退路も確保せずに敵領地に行軍するのはリスクが高いかもしれない。仮に騎兵部隊隊長の言葉が本当で、やや遅れ気味の第三、第四部隊から分断されれば、少々厄介なことになるだろう。

ならば、第三、第四部隊を待って戦端を開く方が安全——第二部隊指揮官は最終判断を下した。

「わかった。一旦ここで様子を見よう。斥候《せっこう》を出せ。丘の様子を探るのだ」

第二部隊の指揮官はそう指示を出す。

一二〇〇〇の兵たちの軍勢が、たった一人の魔族に翻弄されていた。


ヴァロウが丘の向こうで待機していた原隊に復帰する。

一人で人類軍の行軍を止めた英雄を、一〇〇名の竜人族《リザード》たちは讃えた。

「おお！」

「止まった！」

「ヴァロウ様が……」

「お一人で人類軍を止めたぞ！」

魔族軍は湧き上がる。そんな称賛の声を浴びても、ヴァロウは涼しげな顔だった。

「さすがはヴァロウ様ですね。敵の疑念を逆手に取るとは……」

「相手の心理を逆手に取るのは、軍略の初歩中の初歩だ。褒められるものではない」

疑念というのは策に引っかかった直後が一番大きい。

冷静な判断が難しく、「また引っかかったら」と消極的な気持ちになるからである。

故にヴァロウは立て続けに人類を揺さぶるため、単騎で姿を現したのだ。

「敵はどこまで待ってくれるでしょうか？」

「動きから見て、後ろの第三、第四部隊と合流するつもりだろう。なかなか優秀な指揮官だな。だが、今回ばかりはそれが仇《あだ》になったわけだが」

これで少なくとも一日、いや半日は時を稼げる。

それだけの時間があれば、第二師団が建設しているはずの要塞に逃げ込むことは可能だ。第二師団が上手くやってくれているかどうかは、さすがに確認できない。これはかりは、ヴァロウであろうとも祈るしかなかった。

それに他にも不確定要素はある。

「「「「おおぉぉぉぉぉぉ……」」」」

突然、歓声というよりは戸惑いの声が、人類軍がいる場所から聞こえてくる。

ヴァロウが丘に再び登ると一二〇〇〇の兵が縦に割れるのが見えた。その間を、一人の人間が歩いている。重度の火傷を負い、荒く息を吐き出しながらも、足を引きずり、前へと歩みを進めていた。

今にも倒れそうだが、その眼光は決して衰えていない。確かに敵を捉えていた。

「あれは『毒の勇者』！　生きていたなんて……」

メトラは横のヴァロウを見る。

さぞかし驚いているだろうと思ったが、ヴァロウはいつも通りだった。

冷えた目で、ボロボロになった勇者を見つめている。

あの爆発で完全に『毒の勇者』を仕留められたと、ヴァロウは思っていた。

だが、『毒の勇者』は生きていた。その憎悪と殺意を倍増させている。

「問題ない……。すでに用意は調えてある」

「まさか……。あれをお使いになるのですか？」

「その通りだ」

ヴァロウは懐から小さな杖のようなものを取り出すのだった。


当代最強の勇者の登場。

その心強い援軍に人類軍第二部隊が沸き返ったかと言えば、そうではない。

むしろ悲鳴が上がっていた。

「『毒の勇者』だ！」

「生きていたのか!!」

「ひぃぃい！　助けてくれ」

「おい！　下がれ！　下がれ!!」

一二〇〇〇の人波が割れる。

『毒の勇者』に花道でも作るかのように、何もない一直線の道ができあがった。

死にかけているのは明白だが、彼女を手当てしようと駆け寄る兵士は皆無だった。そして、『毒の勇者』ヒストリアもまた、それを望むことはなかった。

足を引きずり、ただただ魔族がいる方に歩いて行く。

「勇者様、一旦手当てをされては？」

その時、一人の何も知らない兵士が歩み寄る。

瞬間、ヒストリアは山猫のような瞳をその兵士にぶつけた。

「ひぃ!!」

悲鳴を上げる。刹那《せつな》、兵士は白目を剥くと倒れた。

一二〇〇の兵士たちは一斉に悲鳴を上げる。我先に逃げようとする者がほとんどだったが、激昂した兵士の一部が彼女に槍の先を向けた。

「ゆ、勇者様、何をなさ――――」

その兵士も次の瞬間には死んでいた。周りにいた二〇名ほどの兵がバタバタと倒れ、息を引き取る。

その骸をヒストリアは、無感情な瞳で見下していた。

「撤退せよ！　退け！　退くのだ!!」

第二部隊の指揮官は指示を出す。

その号令を聞いて、兵士たちは散り散りになりながら、その場を離れた。広い荒野にぽつんと取り残されたのは、『毒の勇者』一人だけである。味方が周りからいなくなっても、ヒストリアは進み続けた。

そのヒストリアの前に、影が伸びる。

顔を上げると、そこには一人の人鬼族《ワーオーガ》が立っていた。

『毒の勇者』の前に立ったのは、ヴァロウだった。

その背後の丘では、メトラと竜人族《リザード》たちが固唾《かたず》を呑んで見守っている。

ヴァロウはすでに『毒の勇者』のキルゾーンに入っていた。

しかし、彼の表情は変わらない。

まるで顔の筋肉をなくしたかのように、無表情のまま『毒の勇者』の前に立っていた。

「やはりな……」

一言目から『毒の勇者』は反応した。

ラングズロス城からここまでずっと引きずり続けてきた素足が止まる。

『毒の勇者』よ。お前の能力は、『殺意を向けた相手を殺す』というものだな」

「…………」

「お前のことは色々調べた。何せ戦力の質という点で、お前は本当に単騎で一万、いや十万の軍勢を殺す能力を持っているからな。俺としても、頭の痛い相手だった。だから、調べた。徹底的にな」

「…………」

「お喋りは苦手か。気が合うな。俺もだ。……確かにお前は、兵士としてではなく、兵器としても超一級だ。できれば、俺の手元に置きたいぐらいにな」

苦手と認めながらも、この時のヴァロウはいつになく饒舌《じょうぜつ》に見えた。

それは『毒の勇者』があまりに無口であることも起因している。

「お前の能力については、お前の出生と幼年期の出来事を調べれば、すぐにわかった。お前は村を襲ったオークを殺した」

「やめろ……」

「そして、毒の力は、お前の能力に恐怖し、同時に殺意を抱いた村人やお前の母親にまで向けられた。つまり、あの村を全滅させたのは魔族ではなく、お前自身だ。ヒストリア・クジャリク！」

「うるさい!!」

『毒の勇者』は激昂《げっこう》する。

皮膚がこそげ落ちるほど、頭を掻きむしった。血を垂らしながら、鬼の形相でヴァロウを睨む。

濃厚な殺意が、周囲の空気に混じり、広がっていった。

「図星、か……」

「殺す！　お前は絶対に殺してやる!!」

「兵器が喚《わめ》くな。……俺を殺したところで、過去は変えられない」

「殺す！　殺すコロス殺ス殺す殺すころす殺す殺すコロス殺すころス殺す殺す!!　殺してやるぅぅぅうぅうぅうぅうぅうぅぅぅぅ!!」

『毒の勇者』は足を引きずりながら、ヴァロウに襲いかかる。

皮肉にも、その時の『毒の勇者』はもっとも人間らしい表情をしていた。

「ふん。所詮は人間か……」

ヴァロウは鼻で笑った。

ドスッ!!

鈍い音が荒野に響く。

「————ッ!!」

『毒の勇者』は大きく瞼を開いた。視線が自分の下腹部へと動く。槍の先が飛び出ていた。

どす黒い血が流れ、『毒の勇者』の足下が真っ赤に染まっていく。

『毒の勇者』はゆっくりと振り返り、槍の柄の先を辿《たど》っていった。

槍を握っていたのは、人類軍——つまりは自軍の兵士だ。ただし、その顔は青白く生気がない。

「アンデッド……」

呟き、ついに『毒の勇者』は崩れ落ちる。荒い息を吐き出すと同時に、血を吐いた。

「いつの間に、アンデッドを生成したのだ」

「時間ならいくらでもあったさ。お前と長話をしている間にな」

ヴァロウは小さな杖を掲げた。

宝具【死霊を喚ぶ杖《アンデッド・スティンガー》】。

第五師団が運ぶ前に、ヴァロウは宝物庫にあったこの宝具をくすねておいたのである。

ヴァロウは喉の辺りをさする。作戦とは言え、珍しく饒舌に喋ったおかげで、少し喉が痛かった。

やがて哀れ無残な姿となった『毒の勇者』に対し、冷たい視線を投げかける。

「やはりお前の能力は生者に対しては有効だが、死者に対しては無力のようだな。正確に言うならば、心のない死者には通用しなかった。そういうことだろ？　つまり、お前の天敵は精神的に未熟な下級アンデッドということだ」

ヴァロウがそれに気付いたのは、第三師団が『毒の勇者』と戦った記録を見た時である。

当時の第三師団師団長の魔法によって、『毒の勇者』は苦戦を強いられたと報告書に書かれていたのだが、事実は違う。

単に下級アンデッドに対して、『毒の勇者』の力が通じなかったのだ。

現に、上級アンデッドである師団長は、毒の力の前に敗れ去っている。

こうした事実を突きつけられても、『毒の勇者』の敵意は変わらない。

地面に伏しながら、ヴァロウの方を睨んでいた。

「な、何故だ……」

「ん？」

「何故、お前は死なない……？　対毒効果薬《アンチ・ミスト》もなしに……」

「アンチ・ミスト？　ああ、お前が戦場で振りまいていた粉のことか。やはり、あれはお前の毒の効果を、人間に限定して打ち消すための薬だったのだな」

魔族たちは、『毒の勇者』が撒布する霧こそ毒の力だと思っていた。

だが、それは全くの逆であり、『毒の勇者』の力を人体に対し抑えるものだったのだ。

ヴァロウは戦場で対毒効果薬《アンチ・ミスト》を採取し、分析することによって、その効果を見抜いていた。

「人類側も、お前の弱点が下級アンデッドだと気付いていたのだろう。だから、戦場に単騎で投入するのではなく、サポートする部隊を作った。そのためにアンチ・ミストがどうしても必要だったのだ」

「そんなことまで……」

「言っただろう。お前のことは徹底的に調べた、と……」

「では、お前は何故……？　何故、私を前にして生きているのだ？」

「ん？　簡単だ。俺はお前に殺意など向けていないからだ」

すると、ヴァロウはそっと『毒の勇者』を抱きかかえた。

人鬼族《ワーオーガ》の思わぬ行動に、ヒストリアの顔が少し赤くなる。

「『毒の勇者』、お前は強い……」

「――――ッ！」

「俺は強い者とは戦わない。だから、俺はお前とは戦わない。戦う気もないなら、殺意など浮かびようがないのは、道理だろう？」

「ば、馬鹿な……。殺意のない人間など……」

「俺は魔族だからな」

ヴァロウはさも当たり前のように答えた。

それはたとえ魔族であっても異常である。だが、厳然たる事実であった。

こうしてヴァロウは、『毒の勇者』を抱いているのだから……。

『毒の勇者』の目が揺れている。ヴァロウを見て、恐れているようにも見えた。

当代最強の勇者が、たった一人の人鬼族《ワーオーガ》に恐怖していたのだ。なんとも皮肉なことだった。『毒の勇者』ヒストリアを怖がらせた唯一の存在が、自分に殺意を向けない魔族だったのである。

やがてヒストリアはヴァロウに向かって言葉を浴びせた。

「化け物め……」

「魔族にはそれは褒め言葉だ」

一瞬、ヴァロウが笑ったような気がした。すると、『毒の勇者』の口元もまた緩む。

ヴァロウはそんな彼女を寝かしつけるように囁いた。

「さあ……。もう眠れ、ヒストリア・クジャリク。お前は、よく戦った。お前は多くの人間を殺したかもしれないが、その数十倍の人間を救ったのだ。それを誇りとし、眠るがいい」

猛犬のように怒りを露わにした『毒の勇者』の表情が和《やわ》らいでいく。

次第に、その顔は無垢な少女のものとなった。

魔族に抱かれつつ、天を仰ぎ見ながら、そっと『毒の勇者』は意外な言葉を呟く。


「ありがとう……」


一粒の涙がこぼれ落ちる。

兵器の最後の表情は、満面の笑みであった。

『毒の勇者』ヒストリア・クジャリクは息を引き取る。

十九歳という短い生涯だった。

✣

蹄《ひづめ》の音が近づいてくる。

ヴァロウはヒストリアの骸を地面に下ろした。

顔を上げると、人類軍の第二部隊がヴァロウの方へ向かって来ている。遥か後ろの方でメトラが叫ぶのが聞こえたが、ヴァロウは一歩も動かなかった。

先頭の指揮官が手を上げ、合図を送ると、全軍が停止する。

ゆっくりとその指揮官だけが、蹄の音を鳴らし近づいてきた。

ヒストリアの骸を取り返しに来たのだろうかと思い、ヴァロウはそっと離れる。

名のある指揮官なのだろう。鎧や武具の素材に魔法鉱石《ミスリル》が使われていた。

その指揮官がヒストリアを一瞥する。

波乱の人生とは裏腹に穏やかに眠る少女を見ながら、指揮官はほくそ笑んでいた。

「ふん……。所詮は兵器だな」

持っていた槍を振るう。ザッと地面を抉りながら、倒れていたヒストリアを吹き飛ばした。宙を舞うと、地面に叩きつけられ、ぐるぐると転がる。ヒストリアから悲鳴が上がることはない。その能力の切っ先が指揮官に向けられることもなかった。

「本当に死んだようだな。清々するわ。化け物め。あれが勇者だと言われていることに怖気《おぞけ》が立つ」

砂を被ったヒストリアを卑下する。口元には嘲笑が浮かんでいた。

対してヴァロウはヘーゼル色の瞳で指揮官を睨む。

冷たい視線に気づくと、指揮官は馬頭を向けた。

「なんだ、その瞳《め》は？　もしかして、同情しておるのか？　化け物が化け物に同情するか。はっ！　道理と言えど、笑いが抑えきれぬわ！」

指揮官は大口を開けて笑い始める。その後ろの第二部隊の兵たちからもクスクスと笑いが漏れた。

肩を震わせ、ヴァロウとヒストリアに侮蔑《ぶべつ》の視線を送っている。

「確かにヒストリアは化け物であっただろう」

「あん？」

「だが、その化け物のおかげでお前たちは、この魔族領へと侵入することができた――とは考えないのか？　あいつのおかげで、何千何万もの人類が救われたのだと考えないのか？」

「はっ！　そんなにあの女が気に入ったか？　ならば、骸を持って行け。ヤツはすでに魔王城とともに爆散したことになっている。死体は出ない。だが、名誉の戦死だ。こいつを研究していた研究機関は欲しがるかもしれないが、これほど本国から離れているのだ。どうとでもなる」

「…………」

「むしろ持って帰ってどうすると言うのだ？　化け物どもの慰み者にでもするのか？　ふははは……。

屍姦《しかん》か？　ならば、今度教えてくれ。死体となった勇者のアソコの具合はどうだったのか、とな」

ぐはははははは!!

指揮官は笑い声を響かせ、同じく兵も腹を抱え、顔を歪めている。

その表情は、今目の前にいる魔族よりも遥かに化け物じみていた。

ヴァロウの表情は変わらない。ただぽつりとこう呟いた。

「人類は相変わらずだな。出る杭を見れば嫉妬をし、それを叩き、死ぬまで嘲笑を浴びせ、その名誉を傷つけ続ける。しかし、腐った杭には水をあげ続け、自分の杭が腐っていることに気付かない。同じだ。昔となんら変わっていない」

「うるさい！　魔族風情が人類を語るな！」

指揮官はヴァロウに槍を向ける。舐めるように喉元に沿って切っ先を動かした。

「貴様、魔族の指揮官だろう。多少知恵が回るようだが、ここまでだ。いずれ魔王を捕らえることもできよう。ところで聞くが、魔王が女と聞いたが本当か？」

指揮官の目が歪む。自然と鼻息が荒くなっていった。

「化け物どもを狂わせる美貌か……。もし、それが真実ならば楽しみだ。捕らえた暁には、どんな風にして楽しんでやろうか。くくく……」

「…………」

「何か言え、魔族よ。大ピンチだぞ。ここは一つ魔王様に助けを請《こ》うてはどうだ？『助けてください、魔王様！』とゴブリンのように鳴いてみせろ!!」

指揮官は槍を振るう。だが、その切っ先はヴァロウの喉元を切り裂く前に止まる。

ヴァロウの手が槍の柄を捉えていた。全く動かない。指揮官はもがくが、押しても引いてもビクともしなかった。

次に口を開いたのは、ヴァロウである。

「貴様、貴族か？」

「おうよ！　我こそは爵位を受けし、マルターニュ伯の――――」

「ああ。そうか。どうりでよく鳴くわけだ」

「き、貴様……！　我ら貴族を愚弄するのか!!」

「まったく……。耳元で鳴くな、豚どもめ」

「な、なんだとぉ!!」

「大ピンチだと……。冗談も休み休みに言え。危機的状況にあるのはお前らの方だ」

「何を言って――――ッ！」

直後、曇天の空から何かが落ちてきた。

それは巨大な岩のように降り注ぎ、第二部隊に直撃し、兵たちをふっ飛ばす。

何事か、と振り返った時、指揮官は目を剥いた。

「ぐらららららららららら!!」

雄叫びを上げたのは、竜人族《リザード》だった。

間髪入れずに、太い柄の槍を振るう。まるでしぶきのように人間とその一部を吹き飛ばしていった。

第二部隊はたちまち混沌のど真ん中に突き落とされる。

「な、何故！　竜人族《リザード》が落ちて――――」

ハッとなって指揮官は空を見上げる。

翼を広げ、巨大な鳥が飛んでいた。

否――違う。鳥ではない！

「鳥人族《バルチャー》か!!」

数千羽の鳥人族《バルチャー》たちが第二部隊の頭上に飛来した。鋭い足で人間を掴むと、たちまち空へと上っていく。急激に上昇した直後、塵《ごみ》のように人間を放り捨てた。城の尖塔《せんとう》より遥か上空から落下した人類に助かる術はない。浮揚《ふよう》の魔法を使うことができても、呪文を唱える前に地面に叩きつけられていた。

鳥人族《バルチャー》の襲来に、第二部隊自慢の戦車隊も為す術がない。

複数の鳥人たちによって戦車ごと持ち上げられると、同じように地面へ落とされた。

それが第二部隊に降り注ぎ、さらなる犠牲者を生み出す。

鳥人族《バルチャー》の攻撃方法はそれだけではない。

翼を鋭い刃物のように使い、人間たちを切り裂いていく。その羽はたちまち赤く染まっていった。

空には鳥人族《バルチャー》。

地には竜人族《リザード》。

魔族の空の王者と地の王者が、万の軍勢の中で大暴れしていた。

「大人しく引き返していればいいものを……。くだらない理由で留まったお前たちが無能なのだ、豚が」

「ば、馬鹿な！　情報では、ば、鳥人族《バルチャー》は後方の……」

ヴァロウは第五師団を二部隊に分けていた。

第二師団を運搬する部隊と、ドライゼル城に宝具を送り届ける部隊である。今、人類軍第二部隊に襲いかかっているのは後者だ。城に宝具を送り届けた後、魔王の撤退を援護するようにヴァロウはあらかじめ指示を出していたのである。


「豚め……。俺の手の平の上で踊れ……」


その手を使い、ヴァロウはあっさりと槍を取り上げる。

無手となった指揮官に向かって、手を掲げた。魔力が満ちた瞬間、嵐の塊が発生する。

「地獄で語れ、貴族どもよ。我の名前はヴァロウ……」

「うぁ、ヴァロウだと！　ま、まさか貴様――――！」

「貴様ら貴族階級を滅し、この世界のシステムを征服するものなり」

「この世界のシステムを征服？　書き換えると言うのか。馬鹿な！　そんなことできるはずがない！」

「可能だ。そして、その覚悟ならもうとっくにできている！　殺す覚悟も、壊す覚悟も、そして罪を背負う覚悟もな!!」

「や、やめろぉおおおおおおおおおお!!」

ヴァロウは魔法を放った。

それは殺傷能力のない——ただの突風を発生させる魔法であった。

指揮官は馬の上から吹き飛ばされ、宙を舞う。

「は！　お、大口を叩きおって！　そ、そんな魔法など、我が鎧で——！」

次の瞬間、ふわりと宙を浮く指揮官を受け止めるものがいた。顔を上げる。

鳥人族《バルチャー》が妖艶《ようえん》な笑みを浮かべていた。

ひゅるるるる、と歌いながら、鳥人族《バルチャー》は上昇していく。

眼下に見える兵たちの姿がどんどん小さくなっていった。

あまりの恐怖に指揮官は股を濡らす。小水が足を伝ってこぼれ、戦場に降り注いだ。

「や、やめろ！　離せ!!」

必死にもがくが、逃れられない。

このまま地面に落下させ、叩きつけるのかと思ったが違う。

他の鳥人族《バルチャー》が近づいてくると、指揮官の両手両足を掴んだ。

「な、何を……」

「どうやら慰み者になるのは、お前の方だな。……いくら無能な指揮官《ぶた》でも、土の肥やし程度にはなるだろう」

ヴァロウの言葉が説教する神父のように朗々と響く。当然、その声は指揮官には届いていない。

そしてフィナーレが始まった。

「やめ――――！」

指揮官の腕と足がもがれた。真っ赤な鮮血がまるで火花のように散る。

残った胴はそのまま落下し、地上に血染めの大輪を咲かせると、兵たちの混乱を誘った。

結局、第二部隊は全滅する。遅れてやってきた第三、第四部隊はそのむごい死体の山を見て、戦意を喪失した。それでも人類軍は進軍を続けたが、第二師団が作った要塞と、ヴァロウの巧みな用兵によって、人類軍は総崩れとなり、撤退を余儀なくされる。

一方、第六師団が壊滅した魔族側にも、人類軍を追撃できる余力はなかった。

要塞の守りを第二師団に任せ、魔王はとうとうドライゼル城に入城する。

かくしてヴァロウが立てた撤退作戦は、ここに完遂されるのであった。

✣

撤退戦は大成功に終わった。

魔王ゼラムスは、新居城ドライゼルに入城する。

機動力のある騎兵部隊と、さらに人類軍第二部隊の壊滅。

極めつけは、魔族に猛威を振るっていた『毒の勇者』を打破したことだ。

『まさか撤退戦で、我ら魔族が大戦果を上げることになるとはな……』

とは、ドラゴランがドライゼル入城時に語った言葉である。彼らにとってすれば、撤退戦＝敗走だ。

だからこそ、これまで強く反対してきた。

だが、ヴァロウの考えは違う。

『撤退戦もまた戦さだ。ただ逃げるのとは違う』

戦いと名が付く以上、勝利しなければならない。実に、最強軍師らしい言葉であった。

慌ただしい引っ越しが終わり、かなりバタバタした中、ようやくヴァロウの副官の任命式が、ドライゼル城で行われていた。

出席者は残りの副官とメトラ、そして魔王ゼラムスである。

「ヴァロウ……。あなたを魔王の副官として任命します」

「有り難き幸せ。このヴァロウ、いつ如何《いか》なる時も魔王陛下をお守りし、魔族の繁栄のために全力を尽くす所存です」

「では、頭をこちらに……」

「はっ」

ヴァロウはゼラムスの方に頭を向ける。

ゼラムスはその頭に手を置いた。

「我、ここにヴァロウを眷属として認める。よってここに魔王ゼラムスの力の一つ――〝角〟の力を下賜《かし》するものとする」

赤い光が薄暗い謁見の間に閃いた。

すると、ヴァロウの右手が疼《うず》く。手の甲が燃え上がった。

一本の角の形をした紋様が浮かび上がる。

魔王の副官となった魔族には、各々に魔王の力が与えられる。

六種類の力があり、それぞれに対応した紋章が身体のどこかに刻まれるのだ。

すなわち、〝竜〟、〝石〟、〝骨〟、〝牙〟、〝翼〟、そして〝角〟の六つである。

角の力は魔力を含めた身体能力の向上だ。この力ならば、並の勇者程度では相手にもならない。これから動き出す第六師団は、しばらくの間少数の兵力で作戦に当たることになる。ヴァロウ自身も、戦場に出ることになるだろう。そういう意味でも、角の力は心強い戦力だった。

任命式が終わり、ヴァロウはまずドラゴランを交えて、ゼラムスと面会することになった。

ゼラムスから何か大事な話があるらしい。

別室に通され、長机の短辺と短辺で向かい合う。

ゼラムスは座り、ヴァロウは立ったまま話を聞いた。

「まず、この度の撤退戦について、よくやってくれました。あなたとそしてゴドラムがいなければ、わたくしはこうしてゆっくりと椅子に座っていることもできなかったでしょう。改めてお礼を申し上げます。ありがとう、ヴァロウ」

「いえ。俺は魔王様の配下として、当然のことをしたまでです。ところで、お話とは？」

ヴァロウは頭を垂れた後、ゼラムスの横に座ったドラゴランを一瞥《いちべつ》しながら、尋ねた。

そのドラゴランが少し喉を整えた後、答える。

「これは副官になった者すべてに話しておることだが、他の魔族には他言無用に願う」

「……かしこまりました」

「お前もずっと疑問に思っていたと思うが、何故我らは魔王様を戦場に出さないかという話だ」

その疑問は魔王軍に参加するようになってから、ヴァロウがずっと気になっていたことだ。

何度か上司であるゴドラムに尋ねたことはあったが、はぐらかされてしまった。

その理由がようやくここで聞けるのである。

「単刀直入に言おう。魔王様が強すぎるからだ」

ドラゴランの声は、一滴の雨露が大きな湖に波紋を作るように広がっていく。

沈黙が流れ、部屋は静寂に包まれた。常時、ドライゼル城上空を覆う黒雲が、ゴロゴロと鬼の腹のような音を立てている。

「はっ？」

ヴァロウは聞き返すのがやっとだった。

ゼラムスが強いのは百も承知だ。角の力をもらった今でも、勝てる気がしない。いや、自分が強くなったことによって、ぼんやりとした力の差がよりはっきり見えるようになっていた。

人類は『毒の勇者』ならば、ゼラムスに勝てると思っていたようだが、本気でゼラムスとやれば、勝てたどうか微妙なところだったろう。

「ふふん。お主でもそういう顔をするのだな」

「魔王様がお強いのは重々承知しております。ならば、何故戦力として戦っていただけないのでしょうか？　であれば、今すぐにでも戦局が一変するかと思いますが……」

そうだ。それほどの力をゼラムスは有している。

魔族領に侵入した人類軍を一掃することも夢物語ではないはずだ。

なのに、何故……？　そこがヴァロウの一番聞きたいところだった。

すると、ドラゴランは首を振る。

「強さの次元が違うのだ」

「どういうことですか？」

「一度、その力を振るえば、世界は滅ぶ」

「…………!!」

「決して言葉の綾《あや》などではない。人間どもは、我ら魔族が世界を支配すれば、この世界は滅ぶと思っているようだが、あながち間違ってはおらん。正確には、魔王様がそのお力を振るうことによって、世界は滅ぶのだ。それは我ら魔族も例外ではない。すべて無に帰すのだ」

ドラゴランが冗談を言っているようには見えなかった。

ゼラムスも沈痛な面もちで、少し目線を下げながら、ドラゴランの話を聞いている。

そのゼラムスは、何か一つ意を決したように顔を上げた。

「ドラゴランの話したことは事実です」

「……それを確かめたことがあるのですね？」

世界が滅ぶ力と断じる限りは、一度はその力を振るったということだ。

ヴァロウの質問に、ゼラムスは慎重に頷く。

「はい。その通りです。すでにわたくしは、三回この力を振るっています」

「三回……」

つまり三回、この世界は滅んでいるということだ。

驚天動地の告白を聞く一方、ヴァロウはこうも思っていた。

（なるほど。……大昔の遺跡から大文明の痕跡が見つかっているのはそういうことか？）

最強軍師の知識は多岐《たき》に渡る。特に歴史研究においては、他の追随を許さないほどの博識だ。

それによれば発展した文明が、突如滅亡を迎えている形跡が、世界各地に存在するという。歴史の中に百年単位の空白があり、そのすべてが説明できないものなのだそうだ。

まさか魔族になって、過去の文明が滅んだ原因について知ることになるとは、さしもの軍師も予想できなかった。

「わたくしが生まれた直後、わたくしは神という存在と出会いました。彼らはわたくしにこう言い残し、去って行きました」


お前は、リセットボタンなのだと……。


「りせっと…………ぼたん…………………？」

「意味まではわかりません。ただ最近思うのは、この世界の文明とあらゆる生物を消去する。それがわたくしに課せられた唯一の務めのような気がします」

そしてゼラムスは次の言葉を強い調子で口にした。

「ですが、わたくしはその務めを甘んじて受けるつもりはありません」

金色の瞳を強く輝かせる。その純粋な光は、もはや魔王という雰囲気ではなく、この世を救おうと立ち上がる勇者のような風格を漂わせていた。

「そのための副官というシステム。そして、紋章の力です。どうかヴァロウ、お願いします。この世界を救い、安寧の日々を魔族にもたらしてください」

ゼラムスは頭を下げる。その行動に、横のドラゴランが驚き、上顎をパカリと開けて固まっていた。

ゼラムスが部下に頭を下げるなど、前例のないことだった。

ヴァロウは「はっ！」と声を上げて、膝を折る。

「必ずや魔族領から人類を追い出し、魔族の世界を作りあげてみせましょう」

「はい。よろしくお願いします、ヴァロウ」

「それと……。可能な限り、魔王様の運命を断《た》ちたいとも考えております」

「ヴァロウ……」

「いらぬお世話でしょうか？」

ゼラムスは目を細め、微笑む。やがて首を振った。

「いえ。……あなたならやってくれる。そう信じています」

「過分な期待に必ずや応えてみせましょう！」

こうしてヴァロウと魔王ゼラムスの謁見は終わるのだった。

✣

「お前の話は、本当だったようだな……」

私室に戻り、ヴァロウは好物の紅茶を飲んでいた。

ティーカップに紅茶を注いだのは、メトラである。

一度ティーポットを脇に置くと、メトラは目をつむり、精神を集中させた。

すると、メトラの背中が蠢《うごめ》く。

現れたのは、美しい翼だった。

だが、片方は真っ白だったが、もう片方は黒に染まっている。

いずれにしろ、その姿は神々しく、ぼんやりとした後光を放っていた。

これがメトラの本当の姿である。

彼女は元々女神であり、ヴァロウを転生させることができたのも、神の力を行使できたからだ。

「やはり、魔王がこの世界のリセットボタンだったのですね」

「お前の話をあらかじめ聞いていなければ、荒唐無稽《こうとうむけい》すぎて聞き流していたところだろうがな」

「いかがなさいますか？」

「どうもしない。この世界を二分し、両方の種族を融和させるという俺の計画に変更はない。それに――」

「それに？」

「今は、俺の手の平の上にはないが、いずれ踊らせてみせる」


神とやらもな……。


ヴァロウは笑みを浮かべる。

その歪んだ顔は、魔王以上に魔王の顔をしていた。

✦ Epilogue ✦

✦ Vallow of Rebellion ✦

Jyokyukizoku ni Bousatsu Sareta Gunshi ha Maou no Fukukan ni Tensei shi, Fukushu wo Chikau

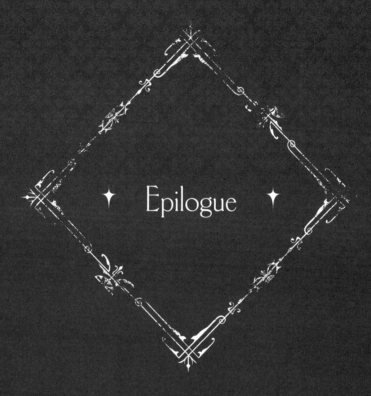

撤退戦から一年後――。

ヴァロウは第六師団の再編成を急いでいた。

第六師団に生き残りはいない。自分のしたこととは言え、兵として使える人鬼族《ワーオーガ》を失ったのは痛い。

数を揃えるのは、もっと後になるだろう。今は、魔獣を使役して、戦力を穴埋めするしかなかった。

とはいえ、幹部がヴァロウとメトラ二人だけというのも体裁としてまずい。

ヴァロウは指揮官、メトラは補佐だ。可能であれば、純粋な武将タイプがほしいところである。

「人鬼族《ワーオーガ》に生き残りがいるだと……？」

珍しくヴァロウは声を荒らげると、報告したメトラは小さく頷いた。

第六師団にいた人鬼族《ワーオーガ》は全滅したと思っていたが、元第六師団の人鬼族《ワーオーガ》が残っているのを、ゴドラムたちが過去に残していた書類の中からメトラが発見したのだ。

「はい……」

「なんで、そいつは先の戦いにいなかったのだ？　脱走兵か？」

「いえ。そうではありません。ヴァロウ様が第六師団に入団する前にいた師団長補佐だったようです」

「俺の先輩ということか……」

「軍の規律を守らなかったということで、当時辺境だったドライゼル城に投獄されたそうです」

「問題児を島流しか……。軍の規律を破ったというのは、具体的にどういうことだ？」

「詳しくは書いていないのですが、要約すると、ゴドラム様と意見が合わなかったようですね」

「あいつと意見が合うヤツなど、この世にいないと思うがな」

ヴァロウは息を吐き、紅茶が入ったティーカップに口を付けた。

よほどその元補佐役も苦労したのだろう。牢屋に入れられるまで暴れ回った気持ちは、同じゴドラムの補佐役をやっていた身としてはわからなくもなかった。

ヴァロウはカップを置き、すっくと立ち上がる。

「どこかへ行かれるのですか？」

「そいつに興味が出た。早速、行ってみよう。このドライゼル城にいるのだろう」

「はい。ですが――」

「なんだ？」

「妙な異名がついておりまして」

「異名？」

『風の勇者』『毒の勇者』と人類が強い人間に異名を付けたがるように、魔族にも時々異名を持つものがいる。人間たちが勝手につけることもあれば、自ら称することもある。由来は様々だが、どうやらその元補佐役は、自分で名乗っているのだという。

「なんという名前だ？」

「はい――」

『死にたがり屋《デッドウォーキング》』と呼ぶそうです。

薄暗い廊下に軍靴の音が鳴り響く。

冷たい石床を歩きながら、ヴァロウはそのにおいに顔を顰《しか》めた。横のメトラも脇に書類をはさみながら、鼻を摘む。死臭と腐臭、さらに汚物のにおいが混じり合い、廊下に充満していた。

格子の向こうから獣の声が聞こえた。罪人たちだ。格子の向こうから手を伸ばし、メトラの尻を撫《な》でようとする。

「どうやらここは一風変わった動物園でもあるようだな」

「そ、そのようですね」

メトラは自分の尻に向けられた手を払う。

二人は奥へと進み、分厚い鉄の扉の前で止まった。メトラが魔法を唱え、施錠を外す。

老婆の笑い声のような音を立て、錆びた鉄の扉が開いた。

ヴァロウも、メトラも警戒し、一瞬構えるが、杞憂《きゆう》に終わる。

独房から漂ってきたのは、血のにおいだった。

そこに、一人の男の人鬼がいた。

両腕両足を鎖で繋がれ、赤いざんばら髪を垂らして、項垂れている。ほとんど裸のまま獄《ごく》に繋がれ、鋼のような肉体をさらしていた。報告書によればざっと十年以上、こうして繋がれているらしいのだが、干上がるどころか、いまだ肉体は生き生きとしている。

しかし、その腹は今、二本の腕に貫かれていた。

誰のものでもない。雄の人鬼は、己の手で腹を突いていたのである。

随分前に貫いたらしく、傷口周りの血は凝固し、どす黒くなっていた。

「死んでる？」

メトラは確認しようと一歩前に出るが、ヴァロウがそれを手で制す。

ヘーゼル色の瞳が、冷たい光を湛《たた》えた。

「起きてるんだろ？」

「え？」

一瞬、メトラは自分に言われたのかと思って、反応する。

だが、ヴァロウが話しかけたのは、目の前の人鬼だった。

「くへへへへ……。ちぇ……。近づいてきたら、食ってやろうと思ったのによ」

人鬼は笑いながら、顔を上げる。

鎖で繋がれ、手で己の腹を突きながらも、平然としていた。

「何をしている？」

「ん？　ああ、これのことか……」

人鬼は両手を自分の身体から引き抜いた。どろりと血の塊がこぼれる。本来失血死してもおかしくない量のはずだ。なのに、人鬼の口からわめき声一つ漏れることはなかった。

「オレ様はよ。ぶわぁっと派手に死にたいのよ。でも、こんな牢獄に繋がれていたら、それも叶わないだろう？　だから、自分で自分を殺せば、それはそれで派手かと思ったのさ」

「だから、自分で自分の腹を突いたのか？　気分はどうだ？」

「最悪だ。結局死ねなかった」

「自分の死に場所を求めるか。なるほど。報告書通りの性格の持ち主だ」

「性格じゃねぇ。美学って言えよ」

人鬼は黄ばんだ歯を見せて、ニヤリと笑う。

「ところで、あんたは？」

「この方はヴァロウ様。新しい第六師団の師団長です」

「新しい師団長？　ゴドラムの馬鹿野郎はどうした？」

ヴァロウがゴドラムの最期を語り聞かせると、くつくつと愉快げに人鬼は笑った。

「魔王城と一緒に爆散か……。そいつは派手だな」

「お前もそれを望むのか？」

「悪くはねぇ……。だが、オレ様はオレ様の意思で戦場を決めたいのさ。誰かが用意したもんじゃなくてな」

ヴァロウは表情を変えなかったが、横のメトラはぐっと息を呑んだ。

「かかっ！　やっぱりか。ゴドラムの馬鹿野郎は、名誉の死を遂げたんじゃなくて、お前に殺されたんだな……」

「あなた……」

　メトラの殺気が膨れ上がる。

　魔族の誰もが、ヴァロウの企《くわだ》てと疑わなかったことを、この人鬼は何のヒントも無しに当ててしまったのだ。他の副官に知られることになれば、ヴァロウは今すぐ師団長を下ろされるだろう。

　いや……。副官を殺したのだ。死罪ということもあり得る。

　そうなれば、今まで練った計画が、すべて水泡に帰《き》してしまうだろう。

（かくなる上は……）

　メトラが手を振り上げると、人鬼は笑った。

「あんたがオレ様を殺してくれるのかい？　美女の手で殺されるのも悪くねぇが……。あんたじゃオレ様は殺せねぇぜ」

　太い腕で自分の腹を突いても死ななかった人鬼である。

　さすがにメトラの細腕では難しいだろう。

「ふっ……」

（ヴァロウ様が笑った!?）

　顔を綻《ほころ》ばせるヴァロウの表情を見て、メトラは驚く。おいしい紅茶を飲む時以外、決して笑顔を見せない軍師が、初めて出会った人鬼を前にして笑っていた。

「聞こう。何故、俺だと思った？」

「理由なんてないさ。勘に近いものだ。昔から死にたがっているとな。見えるのさ。そいつが背負っている〝死〟がな」

「〝死〟か……」

「人類、魔族含めて色々見てきたが、お前の〝死〟は随分とでかいな。今にも押し潰されそうだぜ、お前」

「だろうな……」

「だが、悪くはねぇ。自分の戦場は自分で決めるというのが、オレ様のポリシーだ。が、お前が用意する戦場には興味がある。お前、オレ様をスカウトしに来たんだろ？　入ってやるよ、お前の師団に。だから用意しやがれ。最高の戦場をな」

ニッと人鬼は笑い、血まみれの手を差し出す。

その手を見た時、ヴァロウの顔もまた綻んだような気がした。

「断る」

「ああ⁉　ふざけるな‼　なんでだよ。そこは『よろしく』って頭を下げるところだろうが！」

「『ふざけるな』はこっちの台詞だ。どうして、死にたがりを手駒に加えなければならん。多少頭は回るようだが、ゴドラムに毛が生えた程度だったようだな」

「な、なんだと！　お前‼」

人鬼は初めて大きくアクションを起こす。鎖を引っ張り、猛獣のようにヴァロウに噛みついた。硬質な音を立てて、牙が打ち鳴らされる。

だが、ヴァロウは余裕で回避していた。

「俺がほしいのは優秀な武将だ。戦況の流れを一変させるほどの力を持ったな。お前にその力があるとは思えん」

「て、てめぇ！　オレ様の実力も知らないで——」

「ああ、知らない。知りたくもない。だが、お前は自分の実力を知っているのか？」

「な、なにぃ……」

「脳が茹《ゆ》で上がるまで知恵を振り絞り、すべての魔力を吐き出し、血の一滴まで無駄にせず、死んでいるのと同じぐらい動けなくなるまで戦ってこそ、お前は自分の本当の実力を知ることができる。違うか？」

　人鬼から笑みが消えていた。

　三白眼の瞳を大きく見開き、息すら忘れて、そのヘーゼル色の瞳を見つめている。

「思い上がるなよ、『死にたがり屋《デッドウォーキング》』。俺がお前にしてやれるのは、お前の実力を最大限に引き出せる戦場を用意することだけだ。お前のための墓場を作ることではない」

　ヴァロウは吐き捨てる。

　すると、冷たい瞳がようやく人鬼から外れた。

　くるりと後ろを向き、独房を出て行こうとする。

「それが……。オレ様の死に場所になるのか？」

「知らんな。それがお前の言う戦場であるならな」

ガキィン!!


けたたましい音が独房に響く。人鬼が鎖を引きちぎったのだ。

すると、まるで蹲るようにヴァロウの前に膝を突いた。

「いいだろう……。お前の戦場とやらに、オレ様を連れていけ」

「ふん。頭を下げても、その不遜な言葉遣いは変わらんか」

「へっ！　それはお互い様だろ」

人鬼は大きく口を裂いて、子どものように笑う。

一方で、ヴァロウもまた口角を上げた。

「ようこそ、第六師団へ。『死にたがり屋《デッドウォーキング》』ザガスよ」

ヴァロウはザガスに手を差し出すのだった。

✣

さらに半年後……。

師団の編成も進み、六人の副官が会議に臨んだ。

そこで提案された作戦に、ドラゴランを除く全員が叫び声をあげることになる。

一番難色を示したのは、ベガラスクであった。『毒の勇者』によって殺された前任者に代わり、新たに魔狼族《ワーグ》をまとめ上げることになった若き副官の声は、まるで遠吠えのように会議室に響き渡った。

「どういうことですか？　我々が防衛戦に徹するというのは……」

「慎め、ベガラスク。魔王様の御前であるぞ」

ドラゴランがたしなめるが、ベガラスクは副官筆頭を前にしても退かなかった。

「それだけではありません！　遠いルロイゼンを落とし、人類軍を西と東から挟み討つなど！　机上《きじょう》の空論ですぞ!!」

吐き捨てると同時に、目の前にあった書類を手で払う。

スライムによって磨かれた床に皮紙が滑っていった。

「一体、誰がこんなふざけた作戦を提案したのだ」

「落ち着きなさい、ベガラスク」

とうとうゼラムスが口を挟む。

さすがに魔王の一言だけあって、ベガラスクは退き、椅子に腰掛けた。しかし、憤然とした様子は変わらず、大げさに腕を組む。

「では、この作戦を立てた者に説明してもらいましょう、ヴァロウ」

「はっ！」

厳かに椅子を引き、ヴァロウは立ち上がる。一人の人鬼を見て、再び御前会議は騒然となった。

「それでは……。作戦の概要を説明します」

王女を殺し、自分を謀殺した上級貴族への復讐……。

いまだ世界に干渉する神々の陰謀の打破……。
そして魔族と人類との恒久的な和平……。
その全てを掲げ、ヴァロウは作戦を読み上げる。
最強軍師の長い戦いが、今始まるのだった。

《了》

✦あとがき✦

みなさま、こんにちは。

サーガフォレストでは初めてになります、延野正行《のべのまさゆき》と申します。

一応今年で作家生活五年目を迎えまして、特に大ヒットを飛ばすわけでもなかったんですが、今回サーガフォレストの編集部に拾っていただき、『叛逆《はんぎゃく》のヴァロウ～上級貴族《じょうきゅうきぞく》に謀殺《ぼうさつ》された軍師《ぐんし》は魔王《まおう》の副官《ふくかん》になり、復讐《ふくしゅう》を誓《ちか》う～』を上梓《じょうし》する運びとなりました。

簡単に内容をおさらいすると、魔族との和平を望んでいた天才的な軍師が謀殺され、後に魔王の副官となって、上級貴族に復讐を果たすのが、メインのお話となります。

ただいわゆる流行の復讐譚とは違って、作者が重きを置いたのは『戦記物』という点です。

作者は昔から戦記物が大好物でして、読んでいただいた方にはわかると思いますが、特に『銀河英《ぎんがえい》雄伝説《ゆうでんせつ》』が大好きです。最初はアニメから入ったのですが（ちなみに旧版です）、一話、二話と視聴するうちにキャラ、ストーリー、世界観に魅了され、何度もレンタルビデオ店を往復しながら、三日ですべて視聴するほどのめり込みました。

その『銀河英雄伝説』を見ていて思ったのが、物語の主人公の一人であるヤン・ウェンリーが誰かに足を引っ張られることもなく、思う存分自分の知略を振るうことができたら、どんな活躍をするだろうか、ということでした。『銀河英雄伝説』を読破、あるいは視聴なさった方なら、一度は思うことではないでしょうか？

その疑問を自分の作品に生かしたい！

そんなコンセプトから生まれたのが、『叛逆のヴァロウ～上級貴族に謀殺された軍師は魔王の副官に転生し、復讐を誓う～』になります。まだお読みでない方は、どうぞご自身の目でお確かめ下さい。

さて、行数も残り少なくなりました。恒例の謝辞をお伝えしたいと思います。

その独特の世界観と筆致で、『叛逆のヴァロウ』を見事に描ききってくれたイラストレーターの村《むら》カルキ先生。最初の打ち合わせから、自分の作品世界に共感いただき、ぶれることなく本を作り上げてくれた担当様。戦記物という重いジャンルでも、書籍化を決めてくれた編集部様。今こうしている間にも、書店を奔走《ほんそう》中であろう営業様。この作品をＷｅｂの頃から支えてくれた読者様。最後に作品を買ってくれた読者の皆様に、感謝を申し上げます。

幸運にも、この作品はコミカライズが決まっております。どうぞそちらもご期待下さい。

それではまた紙面でお目にかかれるのを楽しみにしております。

延野　正行

叛逆のヴァロウ

～上級貴族に謀殺された軍師は魔王の副官に転生し、復讐を誓う～

発　行

2020年1月15日　初版第一刷発行

著　者

延野正行

発行人

長谷川　洋

発行・発売

株式会社一二三書房

〒101-0003　東京都千代田区一ツ橋2-4-3 光文恒産ビル

03-3265-1881

デザイン

erika

印　刷

中央精版印刷株式会社

作品の感想、ファンレターをお待ちしております。

〒101-0003　東京都千代田区一ツ橋2-4-3 光文恒産ビル

株式会社一二三書房

延野正行 先生／村カルキ 先生

Printed in japan, ISBN 978-4-89199-610-9

※本書は小説投稿サイト「小説家になろう」（http://syosetu.com/）に掲載された作品を加筆修正し書籍化したものです。